AF239497

region
verlag

Region-Verlag
Dieter Kindel
Medienprojekte
Schwalmweg 6
D-34587 Felsberg
Telefon 05662-1860
Mobil 0174-2374942
Fax 03212-1001766
mail@region-online.com
info@axcente.de
www.axcente.de

ISBN (Print):
9 783981 056471
ISBN (eBook):
9 783981 056488

„Tha iad fhathast ann a Hallaig,
Clann Ghill-Eain 's Clann Mhic Leòid,
na bh' ann ri linn Mhic Ghille-Chalu-
im: chunnacas na mairbh beò-„

„They are still in Hallaig,
MacLeans and MacLeods,
all who were there in the time
of MacGille Chaluim:
the dead have been seen alive-„

Sorley MacLean (1911 – 1996)

Anmerkungen und Hinweise

Olaf Dellit

MACLEAN
UND DIE NARREN

Für Aneka

Im Dunkel

Natalie hatte aufgegeben. Sie hatte aufgehört zu weinen; aufgehört zu schreien und aufgehört, mit den Fäusten gegen die schwere Tür zu trommeln. Sie hatte sich auf die Matratze in der Ecke gekauert und sich mit der Wolldecke eingehüllt. Durch das Gitterfenster fiel ein wenig dumpfes Licht. Natalie hatte auch aus diesem Fenster gerufen, doch ihre Stimme hallte in einem langen Schacht wieder, der in Richtung Tageslicht führte.

Nur die Stimme in ihrem Kopf gab keine Ruhe, die immer wieder dieselben Fragen stellte. Wo war sie? Wer waren diese Menschen? Warum hatten sie sie an diesen Ort gebracht? Was wollten die von ihr? Warum gerade sie, ein neunjähriges Mädchen?

Sie war wach geworden, als vor dem Haus etwas krachte und donnerte – mitten in der Nacht. Sie hörte ihren Vater rufen, hörte, wie ihre Eltern zur Tür liefen, um nachzusehen. Dann spürte sie plötzlich die Hand vor ihrem Mund, die sie nicht schreien ließ. Sie biss, schmeckte den ledrigen Handschuh. Dann wurde sie gegriffen, eine zweite Person half. Sie schleppten sie durch die Terrassentür hinaus, durch den Garten in ein Auto. Sie pappten ihr Klebeband auf den Mund und zogen ihr etwas Dunkles über den Kopf. Dann raste der Wagen los. Sie war sich nicht sicher, wohin die Fahrt ging; auf jeden Fall raus aus Haddamar. Wahrscheinlich Richtung Fritzlar, aber da konnte sie sich täuschen.

Irgendwann bremste der Wagen. „Du musst keine Angst haben", behauptete eine weibliche Stimme, die sie nicht kannte, bevor sie aus dem Auto gezerrt wurde. Eine Tür oder eine Klappe wurde geöffnet, es wurde kalt um sie herum; Schritte hallten wieder. Sie liefen und liefen. Dann wurde ein Schlüssel umgedreht, eine weitere Tür geöffnet, und Natalie wurde hineingestoßen. Die Tür klappte zu, der Schlüssel drehte sich von außen, und die Schritte entfernten sich langsam.

Sie hatten ihre Hände nicht gefesselt, so konnte Natalie sich den Sack vom Kopf und das Klebeband über dem Mund abziehen. Langsam gewöhnten sich ihre Augen an die Dunkelheit. Sie erkannte Mauern und schließlich eine Lampe in der Ecke. Sie knipste sie an: Natalie saß in einer Art Verlies, wie sie es aus Rittergeschichten kannte. Aus groben Steinen gemauerte Wände umgaben sie. Neben der Lampe lag die Matratze mit Decke, daneben standen ein Tisch und ein Stuhl, darauf ein paar Bücher, ein Teller mit Keksen und eine Flasche Wasser. Die Klamotten, die vor Natalies Bett über einem Stuhl gelegen hatten, hatten sie mit in den Raum geworfen.

Natalie war erschöpft vom Schreien und vom Weinen. Sie kuschelte sich in die Decke, schloss ihre Augen und versuchte an ihr Bett zuhause, an Mama und an Papa zu denken. Es dauerte lange, bis sie eingeschlafen war.

Aufmarsch der Narren

Immer, wenn Ralf MacLean glaubte, die Fritzlarer endlich zu verstehen, verblüfften sie ihn wieder. Gerade hatte er ein paar Flaschen zwölf Jahre alten Bowmore, einen Whisky vom Feinsten, in das Regal eingeräumt und die Ladentür von innen aufgeschlossen, da erschütterte Musik den Marktplatz. Eine bunt gekleidete Truppe kam mit lautem Tschingderassabum von unten über den Platz gezogen. MacLean sah auf die Uhr: kurz vor 11 Uhr an einem Wochentag.

Als er sah, dass ein paar Clowns und verkleidete Kinder mit auf der Straße waren, fiel es ihm wieder ein: Es war der 11. November, der 11.11., der Beginn des Karnevals. MacLean schüttelte den Kopf. Er war zwar katholisch, aber als halber Schotte blieb ihm dieses Spektakel eine fremde Welt. Andererseits sollte er sich das alles vielleicht einmal anschauen, schließlich hatte er sich in dieser Stadt niedergelassen, und der Karneval gehörte zu Fritzlar wie die historischen Häuser und der mächtige Dom.

MacLean nahm seine dicke Jacke vom Haken, zog sie über und schloss die Glastür hinter sich ab, auf der in großen Lettern die Aufschrift prangte: „MacLean PI – Whiskyhandel und Privatdetektei". Das PI musste er immer wieder erklären, es stand für Private Investigator – Privatermittler. MacLean schlug den Kragen seiner Lederjacke hoch, denn ein kalter Wind fegte über den Platz. Vor ein paar Wochen hatte er sein Ladenbüro in dem alten Haus mit den dunklen Schindeln eingerichtet, in der Hoffnung, durch die Kombination von schottischem Single Malt Whisky und einer Detektei genug Geld in die Kasse zu bekommen, um damit zu überleben. Bisher lief das Geschäft schleppend.

MacLean war der Musik gefolgt und am Rathaus angekommen. Vor dem alten Steingemäuer, mit 900 Jahren angeblich das älteste Amtshaus Deutschlands, hatte sich schon eine ansehnliche Menschenmenge eingefunden. Der Fanfarenzug musizierte aus vollen Rohren, dazu tanzten Gardemädchen in blauen, weißen und roten Kostümen in Reihe und Glied am Fuß der alten Steintreppe. Die war mit wichtigen Würdenträgern der karnevalistischen Zunft gefüllt, erkennbar an den Narrenkappen: Elferräte, Vorsitzende und was sonst noch so dazu gehörte.

Der Präsident der Domstadt-Narren, einer von drei Karnevalsvereinen der Fritzlarer Kernstadt, ergriff das Mikrofon und begrüßte die Narren. Nacheinander ging er die traditionellen Schlachtrufe der Stadt und der Stadtteile durch: „Fritzlar, Allewille!", „Haddamar, Hü-Hott!", „Geismar, Hauruck!" und seit einiger Zeit auch „Cappel, Hummel-Hummel!". Dann hielt Bürgermeister Friedbert Graf seine mehr schlecht als recht gereimte Rede und übergab wieder an Karl-Heinz Martens, Chef der Domstadt-Narren. Nun begann ein kleines Ratespiel und damit der Höhepunkt des Spektakels.

Martens bereitete die Bekanntgabe des Kinder-Prinzenpaars des Fritzlarer Karnevals vor. Er gab ein paar Hinweise, damit die Zuschauer raten konnten, wer es wohl sei. Denn vor der Verkündung war es ein gut gehütetes Geheimnis, wer das ehrenvolle Amt bekam. „Er ist zehn Jahre alt und kommt aus der Kernstadt", rief Martens ins Mikro. „Er geht in die fünfte Klasse der Ursulinenschule, und seine Hobbys sind Fußball, Lesen und natürlich Karneval. Seit vier Jahren ist er Mitglied der Domstadt-Narren. Na, wisst Ihr schon, wer es ist?" Ein paar Namen wurden gerufen. „Jetzt die Kinderprinzessin. Sie ist neun Jahre alt, aus dem Stadtteil Haddamar und geht in die Grundschule in Züschen. Ihre Hobbys sind Lesen, Prinzessinnen und Gardetanz." Wieder wurden ein paar Namen gerufen. Dann verkündete Martens: „Hier ist das Kinder-Prinzenpaar. Prinz Jannik, der Dritte, und Prinzessin Natalie, die Erste." Nun waren alle Blicke auf die oberste Stufe der Treppe gerichtet. Die Tür zum Rathaus wurde geöffnet und ein Junge in bunter Uniform trat heraus: Jannik. Von Natalie keine Spur. Martens stutzte, der Bürgermeister stutzte, ein kurzer Moment war Ruhe. Dann fing Martens sich: „Natalie ist noch nicht da. Deswegen liest Jannik die Rede heute alleine." Jannik hielt seine kurze Reimrede und bekam vom Bürgermeister eine Urkunde und das Zepter überreicht.

Nun ging es um das Prinzenpaar. Martens begann wieder das Ratespiel: „Sie sind aus der Kernstadt Fritzlar und seit drei Jahren verheiratet. Er hat die Schule in Obermöllrich und in Fritzlar besucht, dann seine Ausbildung gemacht und arbeitet nun beim Finanzamt in Fritzlar. Er ist 42 Jahre alt." Erste Namen wurden gerufen. „Sie stammt aus Bad Homburg in Südhessen und kam vor vier Jahren nach Fritzlar. Sie arbeitet als Sprechstundenhilfe beim Zahnarzt und wurde seine zweite Frau. Ihr größtes Hobby ist der Standardtanz. Nun will ich Euch nicht warten lassen: Hier sind Prinz Rainer, der Fünfte, und Prinzessin Saskia, die Erste, aus dem Hause Weimann." Unter dem Jubel der Narren trat das Paar heraus. Rainer, grauer Schnauzbart, Brille und wache Augen und Saskia, eine Schönheit mit langen, blonden Haaren und einem strahlenden Lächeln.
MacLean hatte genug gesehen. Die Verleihung der Amtswürden und die Rede interessierten ihn nicht.

Der Kunde

Vor seinem Laden wartete schon ein Kunde, die örtliche Tageszeitung in der Hand. „Ich habe Ihr Angebot heute in der HNA gelesen. Zeigen Sie mir doch mal diesen zehnjährigen Ardbeg." - „Nichts lieber als das." MacLean strahlte zum ersten Mal an diesem Tag. „Das ist ein exzellenter Whisky, etwas Rauch, viel Torf, viel Charakter." Nun kam er ins Schwärmen.

Er bat den Mann herein, der einen weißen Vollbart und einen Hut trug. „Probieren Sie doch mal ein Glas." MacLean wies auf den Stehtisch, auf dem eine Karaffe Wasser und ein paar kleine Gläser standen. Dann entkorkte er die Flasche und goss sich und dem Kunden einen Fingerbreit ein. „Wasser?", fragte MacLean, doch der Mann schüttelte den Kopf. „Und natürlich kein Eis", fügte er hinzu; sicherheitshalber, denn es kam immer noch vor, dass Kunden danach fragten. Ein Sakrileg für einen schottischen Single Malt. MacLean schnüffelte an dem Glas, dann ließ er sich einen Tropfen über die Zunge laufen und wartete, bis die Wärme in ihm hochstieg.

„Sie sind wohl Schotte?", fragte der Mann, der seinen Hut auf den Tisch gelegt und ebenfalls einen Schluck genommen hatte. Er war MacLean sympathisch, weil er beim Trinken genießerisch die Augen geschlossen hatte. „Halb", antwortete MacLean, und erzählte dann seine Geschichte in Stichworten. Mutter Nordhessin, die bei der britischen Armee in Osnabrück gearbeitet hatte; Vater Schotte, der dort als Soldat stationiert war. So lernten sich die beiden kennen. Bald war seine Mutter schwanger und ging mit ihrem Mann in dessen Heimat. Schon sein Name war ein Kompromiss. Der Vorname Ralf in der deutschen Schreibweise mit „f" statt mit „ph", aber einer, den man auch englisch aussprechen konnte; der Nachname war natürlich der seines Vaters Ray. „Ich bin in Linlithgow aufgewachsen", erzählte er dem Mann mit dem Hut, „ein kleines Städtchen, das allenfalls durch eine alte Palastruine bekannt ist."

Als die Eltern sich scheiden ließen, ging Ralf mit der Mutter, später lebte er wieder ein paar Jahre beim Vater. Es war ein unstetes Leben. So richtig zuhause fühlte Ralf MacLean sich weder in Deutschland, noch in Schottland. Ein paar Jahre lebte er auf der abgeschiedenen Insel Islay, wo der beste Whisky produziert wird, und arbeitete dort in einer Brennerei. Doch auch dort hielt er es nicht lange aus.

Es war die Tragik seines Lebens, dass er Heimweh nach Nordhessen hatte, wenn er in Schottland war; und umgekehrt. Manchmal, wenn die Herbstsonne warmes Licht über die Langenberge zwischen Besse und Großenritte – südlich von Kassel – schickte, erinnerte ihn das an die Highlands.

Nun also versuchte er erneut, in der Heimat seiner Mutter sesshaft zu werden. Der Whiskyladen sollte helfen, das Heimweh zu bekämpfen; so hatte er einen Kontakt in die andere Heimat, und wenn es nur durch die Kartons mit der Aufschrift „Distilled in Scotland" war, die wöchentlich ankamen. „Mit dem Laden und der Detektei sollte ich mich über Wasser halten können", erklärte er dem Kunden, der inzwischen das Glas geleert hatte. Der Mann setzte seinen Hut auf und sagte: „Dann will ich Ihnen mal helfen, sich über Wasser zu halten. Packen Sie mir mal zwei Flaschen ein von diesem Ardbeg."

Es wurde früh dunkel an diesem grauen Novembertag; aber vor Ralf MacLeans Geschäft tat sich schon wieder etwas. Immer mehr Menschen strömten zusammen, vor allem Kinder, meistens in dicke Jacken verpackt, mit ihren Eltern. Der 11.11. war nicht nur der Start des Karnevals, sondern auch der Sankt-Martins-Tag, und so ging am Abend ein großer Laternenumzug durch die Stadt; angeführt von einem Reiter, der den Heiligen darstellte, und dem Bläserchor.

MacLean überlegte gerade, seinen Laden abzuschließen und sich den Zug anzusehen, als die Eingangstür aufgestoßen wurde. Einen der drei Menschen, die hereinkamen, hatte er vor kurzem erst gesehen. Sein Gedächtnis war sein Kapital als Detektiv, behauptete er immer, und so fiel ihm nach kurzer Zeit auch wieder ein, warum ihm der hochgewachsene, dunkelhaarige Mann mit der runden Brille bekannt vorkam. Er hatte heute Morgen auf der Rathaustreppe gestanden und die Prinzenpaare proklamiert: Karl-Heinz Martens, Präsident der Domstadt-Narren. Im Schlepptau hatte er einen Mann und eine Frau, so Mitte 40, die sich an den Händen hielten; offensichtlich ein Paar.

„Ein Glück, Sie sind noch da!", begann Martens, als er MacLean an seinem Schreibtisch entdeckte. „Wir haben Arbeit für Sie." MacLean holte noch einen Stuhl heran und bot ihnen einen Platz an. „Worum geht es?" Martens begann: „Ich habe Sie doch heute morgen bei der Proklamation gesehen." Donnerwetter, dachte MacLean, auch kein schlechtes Personengedächtnis! „Wie Sie bemerkt haben, ist die Kinderprinzessin Natalie nicht da gewesen. Dafür gibt es einen Grund, " Martens deutete auf das Ehepaar, „das sind Sonja und Martin Hambacher, Natalies Eltern."

Martens nestelte in der Tasche seines Mantels herum und zog ein Blatt Papier heraus, das er MacLean wortlos reichte. Sonja Hambacher begann, leise im Arm ihres Mannes zu schluchzen. Es war der Ausdruck einer E-Mail: „Wir haben Natalie. Wenn Ihr die Polizei einschaltet, ist sie tot. Wir wollen 75.000 Euro und die Absage des Karnevals. Keine Öffentlichkeit! KEINE POLIZEI!" Die Absenderadresse war offensichtlich ein Fantasiename: Harlekin.

„Warum ging die Mail an Sie?", fragte MacLean Präsident Martens. „Wahrscheinlich, weil meine Mailadresse auf der Vereins-Homepage ganz einfach zu finden ist. Ich habe sie erst nach der Proklamation entdeckt" „Hoffentlich ist Natalie nicht schon tot", brachte Sonja Hambacher unter Tränen hervor. MacLean beruhigte sie: „Ganz sicher nicht. Die Entführer wollen ja etwas von Ihnen, ihr Ziel ist nicht, die Kleine zu töten. Und nun erzählen Sie mal, wie alles abgelaufen ist."

Martin Hambacher, ein nicht ganz schlanker, aber gepflegter Mann, erzählte vom Vorabend. Wie plötzlich vor ihrer Haustür im Stadtteil Haddamar etwas wie Explosionen klang und er und seine Frau hinaus liefen. Wie dort jemand Silvesterböller gezündet hatte und eine Papiertüte auf der Fußmatte brannte. Hambacher dachte, es wäre der alte Streich mit einem Hundehaufen in der Tüte, sodass man sich die Schuhe einsaut, wenn man darauf herum trampelt. Doch die Tüte war leer, nach kurzer Zeit ausgebrannt, und der Spuk war vorbei. Dachten die Eltern.

Als Mutter Sonja ins Zimmer von Natalie ging, um nachzusehen, ob die Kleine aufgewacht war, hörte ihr Mann nur einen Schrei. Seine Frau stand zitternd im Zimmer, die Balkontür offen, das Kinderbett leer. Sie hielt einen Zettel in der Hand, auf dem computergedruckt in großen Buchstaben stand: „Keine Polizei, sonst tot! Wir melden uns!"

„Und haben Sie die Polizei gerufen?" „Natürlich nicht." MacLean überflog den Mail-Ausdruck wieder und wieder. Etwas kam ihm komisch vor, aber er wusste noch nicht, was es war. Einige Minuten herrschte Schweigen, während draußen die Bläser „Laterne, Laterne, Sonne, Mond und Sterne" anstimmten. Dann ergriff Martens das Wort: „Sie sollen die Kleine für uns finden, so schnell wie möglich.

Nehmen Sie den Auftrag an?" MacLean musste nicht nachdenken: „Natürlich." Beim Rausgehen drückte er Sonja Hambacher, einer kleinen Frau mit dunklen, kurzen Haaren, die Hand. Ihre Finger waren eiskalt, ihr Blick war tränentrüb: „Bitte seien Sie vorsichtig. Bitte." „Das werde ich sein", versprach er. „Ich bin morgen früh um 9 Uhr bei Ihnen, um mir das Haus anzusehen." Dann fiel die Tür hinter Hambachers und Martens ins Schloss.

MacLean entkorkte eine Flasche Springbank, goss sich zwei Fingerbreit Whisky ein und nahm einen tiefen Schluck. Er löschte alle Lichter im Laden und ließ nur die kleine Schreibtischlampe brennen. Sie warf einen gebündelten Lichtstrahl auf die Stelle, auf der die Mail der Erpresser lag. Immer wieder las er den kurzen Text. Irgendetwas war komisch, untypisch.

Bei Wasser, Suppe und Brot

Durch den schmalen Schacht drang nur wenig Licht in Natalies Verlies. Dennoch war sie früh aufgewacht, ganz wie an einem normalen Schultag. Immer wieder sah sie auf die Uhr. Heute hätte ihr erster großer Tag werden sollen, ihr erster Tag als Kinderprinzessin. Jetzt würde sie mit der Mutter und einer befreundeten Friseurin vor Mutters großem Spiegel im Schlafzimmer sitzen, die Haare würden ihr hochgesteckt, und dann würde ihre Mutter ihr in das prächtige Gewand helfen. Endlich Prinzessin! Was für ein Traum.

Stattdessen saß sie in einem dunklen, feuchten Raum und fürchtete sich. Als die Zeiger ihrer Armbanduhr 11 Uhr anzeigten, stellte sie sich vor, wie der Spielmanns- und Fanfarenzug durch die Stadt lief, als Vorbote des großen Auftritts. Was würde wohl passieren? Würden sie alles absagen oder würde Jannik ganz alleine auf die große Rathaustreppe treten?

Gegen Mittag hörte sie ein Geräusch am Türschloss. Ein Riegel wurde zurückgeschoben, und eine Hand reichte einen Teller herein: Suppe, zwei Scheiben Brot, eine Flasche Wasser. Natalie kauerte sich verängstigt in ihre Ecke und wagte sich erst Minuten, nachdem der Riegel wieder verschlossen worden war, zur Tür, um den Teller zu holen. Stunden später das gleiche Spiel. Brot und Milch wurden durch den Türspalt geschoben. Natalies erster Tag in Gefangenschaft endete so, wie noch viele Tage beginnen und enden sollten; mit Tränen.

Erste Ermittlungen

Das Haus der Hambachers war ein gewöhnlicher Einfamilien-Neubau am Ortsrand von Haddamar. Der Vater, der bei VW in der Verwaltung arbeitete, hatte sich für den Tag krank gemeldet, seine Frau, Bankangestellte, ebenfalls. Die Eltern saßen übermüdet am Holztisch in der Einbauküche, geschlafen hatten sie wohl nicht.

MacLean ließ sich den Hergang noch einmal erzählen, dann nochmal und nochmal. Jedes Detail konnte wichtig sein. Nein, die Nachbarn hatten nicht gesehen, wer die Feuerwerkskörper angesteckt hatte. Lediglich die alte Dame von gegenüber glaubte, einen dunklen Wagen am hinteren Gartentor gesehen zu haben; vielleicht einen VW Passat. Sicher war sie sich aber nicht. Prima, dachte MacLean: ein Passat. Einen viel häufigeren Autotyp gab es in dieser Gegend wahrscheinlich nicht, und dunkel waren sie auch fast alle.

Natalies Zimmer sah exakt so aus, wie der Detektiv sich das Zimmer einer Neunjährigen vorstellte. Poster von Comic-Prinzessinnen und von Popstars, die er mit seinen 45 Jahren nicht mehr kannte, Stofftiere, vor allem die unvermeidlichen Mäuse, ein Schreibtisch mit ein paar Schulheften und Büchern. An der Tür hingen an einem Haken zwei Kleider. „Das Kleid der Kinderprinzessin und das Gardekleid", erläuterte die Mutter, die sich seit gestern etwas gefangen hatte. „Es war ihr größter Traum, Prinzessin zu werden; und jetzt das."

Die Verandatür wies eindeutige Einbruchsspuren auf. Sie war offenbar aufgehebelt worden, vielleicht mit einem großen Schraubenzieher. „Immer noch die einfachste Methode", sagte MacLean. „Suchen Sie denn gar nicht nach Fingerabdrücken?", wollte die Mutter wissen. Der Ermittler schüttelte den Kopf. Technisch war das zwar kein Problem, aber er war ja nicht die Polizei; er hatte keine Möglichkeit, die Abdrücke mit irgendwelchen anderen zu vergleichen. Und die Polizei, da waren sie sich einig, sollte draußen vorbleiben. Auch die Reste der Knallkörper und der verbrannten Papiertüte ergaben keine verwertbaren Hinweise.

MacLean stand ganz am Anfang. Er musste im Zentrum der Familie anfangen und nach und nach den Kreis erweitern. Sonja und Martin Hambacher hatten es sich auf dem Sofa bequem gemacht, eines dieser farbenfrohen Kaufhausstücke. Die Wand hinter ihnen war mit den üblichen Bildern bestückt: Hochzeit, Natalies Geburt, Einschulung und einige andere Motive, wahrscheinlich aus dem Urlaub auf Mallorca; mutmaßte MacLean. Vor dem Detektiv stand ein Becher mit dampfendem Kaffee, schwarz, wie gewünscht, und ausreichend stark für einen Novembermorgen.

Er lehnte sich auf dem Sessel zurück, nahm einen Schluck, holte sein Notizbuch aus der Tasche, atmete ein und blickte in die erwartungsvollen Gesichter des Ehepaares. „Ich muss bei Ihnen anfangen und, bitte, wundern Sie sich nicht, wenn ich persönliche Fragen stelle. Ich muss möglichst viel über Sie wissen, nur so habe ich eine Chance." „Geht es denn gar nicht um das Geld?", fragte Martin Hambacher und traf den Nagel auf den Kopf. Der Ermittler wollte den beiden nichts vormachen: „Ich denke nicht, dafür erscheint mir der Betrag von 75.000 Euro zu gering. Bei Kindesentführungen geht es meistens um Hunderttausende, oft sogar um Millionenbeträge", sagte MacLean ernst. „Vielleicht sind es auch nur dumme Amateure, aber wahrscheinlicher ist etwas Persönliches."

Er deutete auf das Foto, das Natalie wohl kurz nach der Geburt im Arm ihrer Mutter zeigte: „Wollten Sie nie ein zweites Kind?" „Doch, aber es hat nicht geklappt." Natalies Mutter hatte sich wohl entschlossen, alle Karten auf den Tisch zu legen. MacLean machte sich eine Notiz, was den Vater ärgerlich machte: „Und was heißt das? Sind wir deswegen verdächtig? Habe ich jetzt mein eigenes Kind entführt, oder was?" MacLean beruhigte ihn. Nein, aber jede Information könne wichtig sein, jede Kleinigkeit, alles. Und natürlich werde er alle Aufzeichnungen vernichten, sobald Natalie wohlbehalten wieder da sei. Martin Hambacher vergrub den Kopf in seinen Händen: „Natürlich, entschuldigen Sie, aber das hier ist sehr schwer. Wir wissen nicht mehr, wohin. Und wir sollen ja mit niemandem reden."

Die Eltern erzählten in Absprache mit MacLean Nachbarn und Freunden, Natalie müsse am Blinddarm operiert werden. Dazu hatte der Detektiv einen Verwandten der Hambachers erfunden, der Arzt in Bochum sei und zu dem Natalie Vertrauen habe, außerdem sei es eine komplizierte Operation. Klang abwegig, aber die Geschichte funktionierte. Bochum war weit genug weg, dass hoffentlich niemand auf die Idee kam, das Mädchen zu besuchen.

MacLean war noch nicht fertig mit den Eltern, und dieses Gespräch machte auch ihm keinen Spaß. „Ich muss das fragen: Ist einer von Ihnen jemals fremd gegangen? Könnte es jemanden geben, der Ihnen feindlich gesinnt ist?" Die Eltern rissen die Augen auf und schüttelten den Kopf. „Sie können mich auch alleine sprechen, wenn das notwendig ist", ergänzte der Detektiv. „Sie wissen ja, wo sie mich finden." Doch er glaubte, aus ihren Augen lesen zu können, dass diese beiden sich in den zwölf Jahren ihrer Ehe wirklich treu gewesen waren. MacLean spürte so etwas wie Neid, aber nur so lange, bis ihm Natalie wieder einfiel. Es wurde ein langer Vormittag mit vielen Tassen Kaffee.

MacLean ging alles durch: Kollegen, Nachbarn, Freunde, Verwandte. Gegen Mittag waren sie bei Natalie angelangt, die der Stolz ihrer Eltern war. Sie beschrieben sie als einen Sonnenschein in ihrem Leben: ein aufgewecktes Kind mit einer regen Fantasie, das stundenlang Geschichten erzählte und viel Zeit in den Karnevalstanz bei den Domstadt-Narren steckte. Ihr größter Traum sollte an diesem 11.11. in Erfüllung gehen, Kinderprinzessin von Fritzlar zu sein.

An der Stelle hakte MacLean ein: „Wie war das Verhältnis zu Jannik, dem Kinderprinzen?" „Sie kannten sich eigentlich nur aus dem Karnevalsverein. Sonst hatten sie nicht viel miteinander zu tun", erzählte Martin Hambacher, „aber das ist beim Kinderpaar nicht schlimm. Hauptsache, sie kommen miteinander aus. Manchmal sind es auch Geschwister. Bei den Erwachsenen ist das anders, das sind auch im richtigen Leben Ehepaare." Bei der Frage nach Konkurrenz stutzte Mutter Hambacher: Ja, in der Tat, da gebe es ein Mädchen aus dem Dorf, die sehr gerne auch Prinzessin geworden wäre: Raffaela Müller. MacLean machte sich eine Notiz.

Der Präsident

Narrenpräsident Martens empfing den Ermittler am Abend in seinem Häuschen in Fritzlars Nordfeld-Siedlung. Das Wohnzimmer mit dem alten, speckigen Sofa sah aus wie ein Karnevals-Museum. Ungezählte Orden hingen in einer Vitrine, über dem Sofa und über dem Fernseher prangten Narrenkappen und Poster von Veranstaltungen aus Köln, Mainz und natürlich aus Fritzlar. Auf dem niedrigen Couchtisch hatte Martens etliche Stapel Papiere liegen: „Karneval ist mit verdammt viel Organisation verbunden", sagte er mit einer Armbewegung über den Tisch. „Setzen Sie sich und erzählen Sie mir, wie weit Sie schon mit Ihren Ermittlungen sind."

MacLean hasste das. Wahrscheinlich sah auch Martens regelmäßig Fernsehkrimis, in denen die Detektive bereits nach kurzer Zeit komplexe Theorien auf Lager hatten, etliche Fingerabdrücke gefunden und ein paar Autos überprüft hatten. Detektive im Fernsehen hatten immer einen Kumpel bei der Polizei, der mal eben ein Nummernschild im Computer nachschauen konnte. MacLean wusste mit Mühe, wo in Fritzlar das Polizeirevier war.

Er ließ sich in den zum Sofa passenden Sessel fallen. „Nun, ich gehe nicht davon aus, dass es in erster Linie um das Geld geht, dafür sind 75.000 Euro zu wenig. Irgendjemand muss etwas persönlich gegen die Hambachers haben. Oder", und der Gedanke kam ihm gerade in diesem Moment, „gegen den Karneval." Martens zog die Augenbrauen hoch und schob seine kleine Brille zurecht. „Natürlich mag nicht jeder unsere Art zu feiern. Verordneter Frohsinn und was man da so hört. Aber wieso sollte jemand deswegen ein Kind entführen? Kann ich mir nicht vorstellen." „Naja, wir dürfen zumindest keinen Gedanken ungedacht lassen, auch wenn er noch so abwegig

17

erscheint. Aber viel wahrscheinlicher ist, dass im Umfeld der Hambachers irgendwas nicht in Ordnung ist. Wie groß ist eigentlich die Ehre, wenn man Kinderprinzessin werden darf?" „Für die Kinder gibt es nichts Größeres. Und Natalie hatte sich so gefreut." „Und was ist mit dieser Raffaela Müller, die es auch gerne werden wollte?" MacLeans einziger Verdacht löste sich mit Martens' Antwort in Luft auf: „Ja, sie wollte es gerne werden. Wir haben sie auf nächstes Jahr vertröstet, dann ist sie auch neun Jahre alt. Es ist noch geheim, aber ich habe den Eltern versprochen, dass es dann klappt. Und die waren sehr einverstanden, denn für die Eltern des Kinderpaares bedeutet der Karneval viel Stress."

Dann diktierte MacLean dem Präsidenten die Antwort-Mail: „Wir wollen ein Lebenszeichen. Polizei bleibt vorläufig draußen. Wir versuchen, Geld aufzutreiben." Nun waren die Entführer am Zug.

MacLean ging langsam in Richtung Innenstadt. Die Stadtkirche war in der trüben Novembernacht nur ein dunkler Schatten, Straßenlaternen kämpften gegen den Nebel, der über der mittelalterlichen Stadt lag wie ein Seidentuch. Unwirklich war die Szenerie besonders am Marktplatz, der in ein gelblich-mattes Licht getaucht war. Die schönen, von Touristen bestaunten Fachwerkhäuser, wirkten in der Dunkelheit abweisend. MacLeans Gedanken wanderten zu Natalie, die jetzt irgendwo saß, vielleicht in einem fensterlosen Raum. Weit weg war sie nicht, das glaubte er zu spüren. Er hatte gelernt, auf seine Intuition zu hören. Sie hatte ihm schon einmal das Leben gerettet, damals. Als MacLean zuhause in seinem Bett den Dom Mitternacht schlagen hörte, wurde er endlich schläfrig. Kurze Zeit später schlief er tief und fest.

Die Ehekrise

MacLean hatte darüber nachgedacht, doch die Eltern von Raffaela Müller zu besuchen und nachzubohren, ob sie nicht eifersüchtig waren auf die kleine Natalie. Doch das wäre ohne Aufsehen kaum möglich gewesen. Was hätte er den Müllers sagen sollen? Außerdem klang Martens' Antwort plausibel. Eine Entführung, nur weil man ein Jahr warten musste? Das war nun wirklich abwegig.

Der Ermittler lehnte mit der Kaffeetasse auf der Fensterbank und blickte über den Marktplatz. Wenn die Sonne schien, so wie jetzt, war dieser Platz fast zu schön, um wahr zu sein. Ein Fachwerkhaus reihte sich an das nächste, es sah aus wie ein Freilichtmuseum. Doch die Altstadt war keine Ausstelllung. Die Fritzlarer sorgten dafür, dass hier Leben war. Im Sommer saßen sie vor den Eisdielen und Cafés, sie bevölkerten samstags den Wochenmarkt und lauschten der Musik, die von der Bühne erklang. Ein rühriger Verein sorgte dafür, dass jede Woche etwas zu hören war, von Pop- bis Blasmusik.

Der Marktplatz war Fritzlars gute Stube, daran ließen die Einwohner keinen Zweifel. Und, wer so ein schönes Wohnzimmer hatte, bekam auch viel Besuch. Busseweise wurden die Touristen in die alte Dom- und Kaiserstadt gekarrt und konkurrierten im Sommer mit den Einheimischen um die Plätze unter den Sonnenschirmen, die an manchen Tagen ihre gute Stube vielleicht lieber für sich alleine gehabt hätten.

Jetzt, in der kalten Jahreszeit, war deutlicher weniger los auf dem Platz. MacLean schaute gedankenverloren einer alten Frau nach, die einen dieser Einkaufswagen und einen weißen Pudel hinter sich herzog. Mühsam kletterte sie die Treppe zum Bioladen gegenüber hinauf, band ihren Hund umständlich am Treppengeländer fest und verschwand im Geschäft. Kurze Zeit später tauchte sie mit einem einzelnen Kohlkopf in der Hand auf, verstaute ihn im Wagen und mühte sich die Treppe wieder herab. Vor der Buchhandlung kicherten drei Mädchen, sicher Schülerinnen der Ursulinenschule, über irgend etwas, was sie im Schaufenster entdeckt hatten.

MacLean verstand in diesem Moment die Menschen, die den ganzen Tag mit einem Kissen auf der Fensterbank lehnten und in die Welt schauten. Unten am Rolandsbrunnen liefen zwei ihm bekannte Gestalten: Sonja und Martin Hambacher. Sie steuerten auf seinen Laden zu. Der Detektiv öffnete einen Fensterflügel und rief hinunter: „Ich bin gleich da." Er hatte noch nicht einmal geduscht, von einer Rasur gar nicht zu reden. MacLean zog den Pullover und die Jeans

19

von gestern über und kippte den restlichen Kaffee aus der Maschine in eine Thermoskanne. Die Treppe knarrte unter seinen Schritten.

Hambachers sahen mitgenommen aus. Natalies Mutter hatte offenbar geweint, ihr Mann schaute missmutig drein. „Ist etwas passiert?", MacLean sah die Frau an, doch ihr Mann antwortete: „Wie man's nimmt." MacLean goss beiden einen Becher Kaffee ein, setzte sich ebenfalls und wartete. Er wusste, sie würden reden, ohne dass er fragte. Dann begann Sonja Hambacher stockend: „Ich habe Ihnen etwas verschwiegen, gestern. Weil mein Mann es auch nicht wusste." Hatte er sich getäuscht, war die Frau etwa doch fremd gegangen? Als habe sie seine Gedanken gelesen, antwortete Natalies Mutter, die heute ungeschminkt war: „Es war kein Seitensprung. Aber fast." Ihr Mann blickte stumpf auf den Tisch. Vor fünf Jahren, so erzählte sie nun, war sie ihrem Ex-Freund im Freibad in Fritzlar über den Weg gelaufen. In der Ehe kriselte es damals, so ging sie auf eine Einladung in eine Diskothek in Homberg ein. Ihrem Mann erzählte sie nichts, denn es kam ihr nicht richtig vor: „Ich war völlig verunsichert. Kennen Sie das?" MacLean nickte.

Nach einigen Drinks küssten sich der Ex und die Ehefrau am Rande der Tanzfläche. Er wollte sie mit zu seinen Eltern nehmen, wo er während seines Besuchs nächtigte. „Ich war hin- und hergerissen, das sage ich ganz ehrlich." Martin Hambacher stöhnte leise. Jetzt wurde ihre Stimme fester: „Aber ich habe mich für unsere Ehe entschieden. Ein Glück! Und meinem Mann habe ich erst gestern davon erzählt."

Irgendwie war der Detektiv froh, dass es bei den Küssen geblieben war. Es ging ihn wirklich nichts an, aber er hatte sich das Bild eines treuen Ehepaars gezimmert und wollte, dass es erhalten blieb. Vielleicht war er doch Romantiker. „Wann haben Sie das letzte Mal von ihrem Ex gehört?", wollte er wissen. „Das ist ja das Merkwürdige. Drei Tage vor der Entführung hat Joe – eigentlich heißt er Josef – mir eine SMS auf mein Handy geschickt. Er ist ein paar Tage bei seinen Eltern. Ich habe nicht geantwortet."

Ein eifersüchtiger Ex, der abgeblitzt war und der ehemaligen Freundin das Eheglück missgönnte. Das war ein Klassiker unter den

Motiven, geradezu bilderbuchhaft. „Und Karneval?", fragte MacLean. „Wie bitte?" „Naja, ich meine, hat er jemals etwas mit Karneval am Hut gehabt?" Sonja Hambacher dachte nach: „Naja, er war – glaube ich – nie in einem Verein, aber beim Umzug stand er meistens irgendwo betrunken in der Menge." Nun gut, das könnte sich geändert haben. Oder die Karnevalsnummer war ein Ablenkungsmanöver. Vielleicht brauchte dieser Joe ein bisschen Geld und nutzte die Gelegenheit, seiner Ex einen reinzuwürgen. Er musste sich den Typen ansehen.

Eine kalte Nacht

Was MacLean an Kriminalfilmen am meisten aufregte, waren die Observationen. Natürlich war ihm klar, dass dramaturgisch gekürzt wurde und niemand sehen wollte, wie die Detektive stundenlang in einem Café oder in einer leeren Wohnung saßen und einen Ort beobachteten, an dem es gar nichts zu sehen gab. So aber ging es ihm auf dem Fahrersitz seines alten grauen Opels an diesem Abend. Von Sonja Hambacher hatte er sich die Adresse von Joes Eltern und ein altes Foto von Joe geben lassen.

Nun stand er im Hellenweg und behielt das Mehrfamilienhaus gegenüber im Auge. Wie im Klischeefilm trank er Kaffee, aß viel zu süße Schokokekse und wartete. Leise spielte der CD-Spieler Musik von Dougie MacLean, schottischer Liedermacher, und vielleicht irgendwie mit ihm verwandt. Wenn er beim Klassiker „Caledonia" die Augen schloss, startete seine Fantasie einen Panoramaflug über die schottischen Highlands. Doch er durfte seine Augen nicht schließen; er musste das Haus im Auge behalten.

Menschen kamen und gingen. Irgendwann sank die Sonne. Als die Autouhr 21.23 Uhr anzeigte, kam schon von weitem hörbar ein Golf, tiefer gelegt, und mit aufgemotzter Hi-Fi-Anlage heran gerollt. Der schwarze Wagen blieb tatsächlich vor dem Mehrfamilienhaus stehen, und ein hoch gewachsener Mann mit dunkler Jeansjacke stieg aus, der trotz der Dunkelheit eine Sonnenbrille trug. Vom Alter her konnte das Joe sein. MacLean nahm das Bild von der Ablage und sah es sich noch einmal an. Dann verließ er kurz entschlossen sein Auto und steuerte auf den Mann zu.

MacLean schwankte auf den Langen zu. „Kannsemirmalsagen, wievielUhresiss?", lallte er. Joe – und jetzt erkannte MacLean zweifelsfrei, dass es Joe war – sah ihn an und stieß ihn weg: „Lass mich in Ruhe, Du Arsch!" „Hasse nich wenigsensmal ‚ne Sigarette?" „Verpiss Dich!" MacLean wankte weiter die Straße entlang, blickte immer wieder zurück und blieb stehen, als Joe im Haus seiner Eltern verschwunden war. MacLean schaute sich um: Weit und breit niemand zu sehen. Geraden Schrittes ging er zum Auto zurück. Die Besoffenen-Nummer zog doch wirklich immer.

Etwas riskant war es gewesen. Was, wenn er doch jemandem verdächtig vorkam. MacLean drehte die Musik lauter und goss sich noch einen Kaffee ein. Die Novemberkälte zog langsam an ihm herauf. Es würde eine kalte Nacht werden; wahrscheinlich eine lange, kalte Nacht. Irgendwann spielte die Band Del Amitri zum dritten Mal den Song „It's never too late to be alone". Er hatte die beiden CDs, die er mitgenommen hatte, so oft durchgehört, dass sie ihn zu nerven begannen. Im Radio fand er nur das übliche Popgedudel und ein Fußballspiel, das ihn nicht interessierte; schließlich Klassik, das ließ sich eine Weile aushalten.

Doch MacLean hatte die Wirkung von Schubert bei Müdigkeit unterschätzt. Ein paarmal sackte er nach vorn und konnte sich gerade noch soweit zusammenreißen, dass er nicht mit dem Kinn auf die Hupe schlug. Irgendwann am frühen Morgen siegte der Schlaf. MacLean sackte zur Seite. In seinem Traum saß er auf einer Insel unter tropischer Sonne.

Wie sehr er fror, bemerkte er, als er wieder erwachte: 5:02 Uhr. Der Kaffee war immerhin noch leidlich warm. MacLean verfluchte diese Nacht und seine schmerzenden Knochen. Gebracht hatte die Warterei nichts. Gegen 7 Uhr kam Bewegung ins Haus. Autos fuhren ab, und irgendwann war auch Joe wieder da. Er war zu Fuß unterwegs. Das war die schlechteste Möglichkeit, ihn zu beschatten. Die Straße war fast leer, und Joe steuerte direkt auf MacLeans Auto am Straßenrand zu. MacLean verkroch sich förmlich im Fußraum, doch Joe guckte auf den Boden und ging vorbei.

Nach einiger Zeit schlich der Detektiv aus dem Wagen und heftete sich an Joes Fersen. Aus sicherem Abstand beobachtete er, wie der Mann geradeaus ging, die Straße überquerte und im Bäckerladen verschwand. MacLean konnte sich gerade noch hinter eine Ecke flüchten, als er wieder heraus kam, mit zwei Tüten in der Hand. Brötchen. Der Mann hatte einfach nur Brötchen geholt. Manchmal hasste MacLean diesen Detektivjob.

Mit gezogener Waffe

Doch bevor er den Beruf so richtig verfluchen konnte, begann MacLeans Detektiv-Gehirn schon wieder zu arbeiten. Joe hatte zwei Tüten Brötchen geholt. Vielleicht eine für sich und seine Eltern und die andere für das entführte Mädchen. Es half nichts. Obwohl MacLean, hungrig wie er war, dem Mann in der Jeansjacke am liebsten die Brötchen aus der Hand gerissen hätte, blieb er ihm unauffällig auf der Spur. Joe ging tatsächlich zurück. MacLean wartete im Auto – wie gehabt. Die Kekse schmeckten schon lange nicht mehr, und der Kaffee war auch nur noch lauwarm.

Doch MacLean hätte sowieso keine Zeit gehabt, das Gebräu zu trinken, denn plötzlich war Joe wieder da. Mit nur noch einer Brötchentüte in der Hand stieg er in seinen Golf und gab Gas. Wieso überhaupt ein Golf? Hatte die Zeugin nicht einen Passat gesehen? Naja, Zeugen irrten. MacLean goss die Kaffeereste aus seinem Becher auf die Straße und hängte sich an Joe. Der fuhr auf die Bundesstraße und gab Gas, vorbei an Haddamar, von wo Natalie stammte, ins nächste Dorf: Lohne. Dort bog er ein paarmal ab und schwenkte dann auf einen großen Hof. MacLean bremste und erkannte aus der Ferne, wie der Mann mit der Sonnenbrille an das Tor einer Scheune klopfte und wie eine Tür darin geöffnet und sofort wieder geschlossen wurde. Eine Scheune in einem abgelegenen Dorf wäre ein ziemlich sicherer Ort für ein entführtes Kind. Wenn die Kleine irgendwo in den Weiten des Gebäudes versteckt war, würde sie kaum jemand rufen hören. Außerdem waren hier wohl nur selten Spaziergänger unterwegs.

MacLean holte das Holster mit der Pistole aus dem Handschuhfach. Er hatte die Faszination nie verstanden, die Waffen auf manche Menschen ausübten. Dabei war sein Vater Soldat gewesen. Aber auch der hatte immer lieber Verwaltungsarbeiten als Waffentraining gemacht. Doch es gab Fälle, da war die Waffe für einen Detektiv die einzige Lebensversicherung. Ohne Pistole in eine Scheune einzudringen, in der womöglich mehrere Bewaffnete auf ein entführtes Mädchen aufpassten, wäre Wahnsinn.

MacLean sah sich um. Weit und breit war niemand zu sehen an diesem kalten Novembermorgen. Auch im Wohnhaus gegenüber der Scheune regte sich nichts. Vorsichtig nahm er seine Pistole aus dem Handschuhfach und legte das Holster um, das unter dem Arm durchlief. Er zog die Jacke über; schließlich musste ja nicht jeder sofort die Pistole sehen.

Leicht geduckt schlich der Detektiv auf den grob gepflasterten Hof. Von einem Hund war nichts zu sehen oder zu hören. Neben der Scheune war ein Traktor geparkt, der Misthaufen dampfte in der Kälte. MacLean näherte sich der Tür in dem großen Scheunentor. Dann legte er den Kopf an das Holz und lauschte. So wie Augen sich an die Dunkelheit gewöhnen, gewöhnte sich sein Ohr an diese Situation. Bald machte er Stimmen aus, Männerstimmen, und zwar mehrere.

„Das ist wirklich ein Schätzchen, ein Prachtstück", sagte eine besonders tiefe Stimme. „Lass die Finger von meinem Mädchen", rief ein anderer. „Wieso dein Mädchen? Wir haben sie schließlich zusammen geholt." „Streitet euch nicht." Das war Joes Stimme. „Gib mir lieber mal den Bolzenschneider rüber."

Mein Gott, sie wollten das Mädchen quälen! MacLean zog die Pistole unter seiner Jacke aus dem Holster und handelte ohne zu zögern. Die Tür sprang unter seinem kräftigen Tritt sofort auf. „Hände hoch! Alle auf den Boden!" Die Überraschung gelang. Die drei Männer warfen sich hin. MacLean sah sich um. Mitten in der Scheune stand ein alter Ford, bestimmt 25 Jahre alt; ohne Türen und mit offener Motorhaube. Rundherum lagen Werkzeuge, weitere auf einer Werkbank. Von Natalie keine Spur. „Polizei?" brachte Joe heraus. „Ganz genau", behauptete MacLean. „Wegen ein paar schwarz gehandelten Ersatzteilen stürmen Sie den Laden mit einer Knarre in der Hand?", fragte der Dicke im Harley-Davidson-Shirt, der mit dem Gesicht nach unten auf der Erde lag.

MacLean hatte sich getäuscht. Und zwar komplett. Hier bastelten drei Kumpels an ihrem „Mädchen" herum, einem alten Auto, und hatten sich unter der Hand ein paar Ersatzteile an der Steuer vorbei besorgt oder vielleicht auch geklaut. Er musste das Beste aus der Situation machen. MacLean forderte die drei Männer auf, sich hinzusetzen, Rücken zur Wand. Jetzt klingelte auch noch MacLeans Handy. Er schaute aufs Display und drückte den Anrufer weg: Martens. So wichtig konnte es nicht sein.

„Hört zu", sagte er, „das ist hier kein Kavaliersdelikt. Das kann richtig teuer werden. Der Markt mit gefälschten Ersatzteilen ist Millionen schwer." „Wieso gefälscht?", wollte der dritte Mann im Blaumann wissen. „Das frage ich euch", entgegnete MacLean und wunderte sich selbst, was ihm manchmal einfiel. „Also, Ihr habt eine Chance, die Strafe ein bisschen zu drücken." Jetzt sprach er Joe direkt an: „Was weißt du über Natalie?" „Natalie? Welche Natalie?" „Natalie Hambacher. Und behaupte bloß nicht, du kennst sie nicht." „Das muss die Tochter von Sonja sein, von meiner Ex. Ich weiß ja nicht mal, wie die aussieht. Und auf Sonja habe ich echt keinen Bock mehr. Erst macht sie mich heiß und dann lässt sie mich nicht ran."

„Tja", seufzte MacLean, „dann wird es wohl nichts mit einer geringeren Strafe, schätze ich. Denk nach, Mann! Oder einer von euch beiden?" Er schaute in die Runde: Harley-Davidson und der Hagere im Blaumann schüttelten den Kopf. MacLean wusste, dass er auf der falschen Spur war. Er zückte einen Notizblock und ließ sich von allen dreien Ausweis oder Führerschein zeigen, machte Notizen und versuchte, offiziell zu wirken.

„Okay", erklärte er schließlich, „das war es. Da Ihr alle einen festen

Wohnsitz habt, muss ich euch nicht mitnehmen. Ihr werdet dann zur Aussage vorgeladen. Und noch was: Vergesst den Namen Natalie sofort. Es weiß noch niemand, dass ich sie suche. Wenn die Geschichte irgendwo in Fritzlar rumgeht, bekomme ich das mit, verlasst euch drauf. Und dann weiß ich, wo die Quelle ist. Und dann", MacLean hob die Pistole ein Stück an, „bin ich wieder da. Und das wäre für euch wahrhaftig keine gute Nachricht." Die drei wirkten angemessen beeindruckt.

Bevor irgendjemand auf die Idee kam, nach seinem Dienstausweis zu fragen oder sich zu wundern, warum ein Polizist im Alleingang eine Scheune stürmte und bevor Joe einfiel, dass er den Detektiv schon einmal gesehen hatte, musste MacLean weg. Ganz langsam, die Waffe immer noch auf die drei Männer gerichtet, ging er rückwärts aus der Tür, schob sie zu und rannte zu seinem Auto. Schließlich mussten sie nicht auch noch sein Nummernschild sehen. Dann gab er Gas.

Die Forderung

„Wieso erreiche ich Sie nicht?", schnauzte Martens ihn an, als MacLean zurückrief. „Ich habe nur meine verdammte Arbeit gemacht. Sehe ich etwa aus wie ein Anrufbeantworter? Was wollen Sie denn?" „Sie müssen so schnell wie möglich zu mir kommen. Es gibt ein Lebenszeichen von Natalie."

Martens saß in einem kleinen Büro vor seinem Computer. Auch das karge Zimmer war mit einigen Karnevals-Devotionalien geschmückt: Kappen und zwei bunte Poster, eines aus Brasilien. Auf dem Computer war eine E-Mail geöffnet: Auf einem Foto war ein verstört guckendes Mädchen mit etwas wirren Haaren zu sehen. „Natalie?", fragte MacLean zur Sicherheit, Martens nickte. In der Hand trug Natalie die HNA vom 13.11. - eine aktuelle Zeitung als Beweis, dass sie mindestens gestern noch gelebt hatte. Der Hintergrund war dunkel und gab keine Hinweise auf Natalies Aufenthaltsort.

Im Text formulierten die Entführer die Bedingungen für die Geldübergabe: „75.000 Euro – Sporttasche – Montag 23.30 Uhr – abstellen auf Eingangstreppe, Garvensburg – wieder aus dem Park fahren – keine Tricks, sonst stirbt Natalie – keine Polizei!"

Die Garvensburg war ein Schlösschen im Fritzlarer Stadtteil Züschen, das älter aussah als es war. Tatsächlich hatte es sich ein Industrieller Ende des 19. Jahrhunderts von seinem Vermögen gebaut. Inzwischen war es ein Café-Restaurant, und es gab auch ein paar Hotelzimmer in dem Gemäuer mit den markanten Türmen.

„Warum erst am Montag? Das ist übermorgen. Wollen die uns Zeit geben, das Geld zu besorgen?", rätselte der Karnevalspräsident. „Nein, für so was geben Entführer möglichst wenig Zeit. Vielleicht hat die Garvensburg am Montag Ruhetag, dann wäre der Park ziemlich verlassen." MacLean griff zum Telefon und rief im Restaurant an, um für Montag einen Tisch zu reservieren und tatsächlich: Montags war geschlossen.

Grausame Clowns

Als dieses Mal die Tür knarrte, rechnete Natalie wieder mit einem Teller. Stattdessen kamen zwei Menschen herein, beide trugen Clownsmasken. Der größere der beiden packte Natalie unsanft und stellte sie mitten in den Raum, dann drückte er ihr eine Zeitung in die Hand und schnauzte sie an: „Halt die vor dich!" Er trat einen Schritt zur Seite, während der zweite Clown einen Fotoapparat zückte. „Schau hierher", sagte die weibliche Stimme, die Natalie schon vom Abend der Entführung kannte, dann drückte sie ab. Ein Blitzlicht zuckte durch das Verlies.

Dann zogen sie wieder ab. Die HNA hatten sie liegen gelassen. Natalie blätterte die Zeitung hastig durch, doch sie fand kein Wort von einer Entführung. Wie konnte das sein? Hatte es niemand gemerkt? Wurde gar nicht nach ihr gesucht? Und sie wusste immer noch nicht, was diese Menschen eigentlich von ihr wollten.

„Was wollt Ihr?", hatte Natalie gestern laut gerufen, als sich die

Tür mit dem Teller Suppe wieder geöffnet hatte. Die Hand hatte kurz inne gehalten, doch dann war die Tür wieder zugezogen worden. Keine Antwort.

Die Geldübergabe

Hambachers waren heilfroh, ein Lebenszeichen von Natalie bekommen zu haben. MacLean informierte sie auch, dass Joe nichts mit der Sache zu tun hatte. Martens war es tatsächlich gelungen, das Geld zusammen zu bekommen. Er hatte einen ordentlichen Batzen vom Vereinskonto genommen, und Hambachers hatten versprochen, später alles zurückzuzahlen. Sie blieben auch dabei, dass die Polizei nicht eingeschaltet werden sollte. MacLean sollte aber versuchen, bei der Übergabe die Täter zu erkennen.

Martens saß am Steuer und hatte die Tasche mit dem Geld auf dem Rücksitz. MacLean kauerte bereits einige Kilometer vor Züschen im Fußraum des Beifahrersitzes. Bequem war das nicht, aber sie wussten nicht, ab wann sie vielleicht beobachtet wurden. Kurz hinter dem Ortsschild blinkte Martens rechts und rollte langsam in den schönen, kleinen Park. Es war fast völlig dunkel. Die Scheinwerfer erleuchteten eine geschwungene, kurze Allee, an deren Ende die Silhouette des Schlosses zu erkennen war. Im Dunkeln wirkte sie gespenstisch und kalt. Es war kein Licht in der Garvensburg zu sehen. Martens stoppte auf dem Parkplatz, ließ den Motor laufen, und stieg aus. Ohne Hast, wie MacLean es ihm vorher gesagte hatte, ging er zur Treppe, legte die Sporttasche ab und stieg wieder ins Auto. „Sehr gut", flüsterte MacLean aus dem Fußraum, „und jetzt wieder zurück."

Martens drehte und fuhr betont langsam wieder in Richtung Einfahrtstor. Die Beifahrerseite war vom Schloss aus jetzt nicht mehr zu sehen. MacLean klappte die Autotür auf und ließ sich fallen. Er kam hart auf dem Schotter auf, es schmerzte. Reglos blieb er liegen, während Martens weiterfuhr und die Tür wieder zuzog. MacLean äugte in die Dunkelheit. Er nutzte das Motorengeräusch von Martens Auto und robbte langsam hinter den nächsten Baum. Nun war der Wagen an der Einfahrt. Wie besprochen fuhr Martens Richtung Fritzlar. Bald war von seinem Auto nichts mehr zu hören. Bis auf den Wind, der durch die Bäume strich, war es völlig still im Park. MacLean lehnte an dem Stamm und versuchte, seinen Blick auf den Eingang zu konzentrieren.

War da nicht etwas gewesen? Nein, nur ein Tier. Die Kälte kroch an ihm hoch, hoffentlich würde es nicht wieder so eine Warterei wie im Auto vor Joes Haus. Da bewegte sich wieder etwas. MacLean hielt den Atem an. Er hatte mit einem Auto gerechnet, aber von der gegenüberliegenden Seite des Parks näherte sich eine Gestalt im Dunkeln. Langsam kam die Silhouette näher, sie hatte fast die Tür erreicht, als ein Rattern die Nacht zerriss. Ein Hubschrauber kam heran geflogen, erstaunlich tief. „Weg! Das ist Polizei!", rief eine Stimme. Die dunkle Gestalt drehte sich um gab Fersengeld. Ein Motor sprang an, Scheinwerfer leuchteten hinter der Hecke des Parks auf. Dann raste der Wagen davon. MacLean sprintete in Richtung des Geräuschs, während der Hubschrauber über ihn ratterte.

Er fand einen Parkausgang an der anderen Seite. Dort waren ein kleiner Parkplatz und eine Minigolfanlage. Keine Menschenseele weit und breit. Das dachte MacLean jedenfalls, bis er das Husten hörte. Da war doch jemand. Auf der Bank vor dem Verkaufsstand der Minigolfhütte lag ein Mensch: ein alter, weißhaariger Mann; offenbar ziemlich betrunken.

„Dauernd stört mich einer", jammerte er, als MacLean ihn unsanft anstieß. „Erst diese Blödmänner da aufm Parkplatz, jetzt du." „Was waren das für Blödmänner?" „Keine Ahnung. Zwei waren's, glaube ich." „Und wie sahen die aus?" „Hab' ,se mir nicht angeguckt." „Auto?" „Ja." MacLean wurde ungeduldig: „Was für ein Auto, will ich wissen?" „Nicht gesehen." „Aber gehört?" „Ja." „Und?" „VW, Golf oder Passat." „Sicher?" „Klar, ich hab' 35 Jahre bei VW gearbeitet. Und jetzt lass mich schlafen." „Nix da. Wo wohnst du denn?" Hätte MacLean den Alten liegen lassen, wäre er vielleicht der berühmte Letzte gewesen, der ihn lebend gesehen hatte. Der Alte deutete in Richtung Dorf und ließ sich schließlich nötigen mitzukommen. MacLean stützte ihn bis zu einem kleinen Haus im Dorf, fand in der

Hose des Alten den Schlüssel, brachte ihn bis auf ein Sofa, drehte die Heizung voll auf, deckte ihn mit einer Wolldecke zu und ließ ihn schlafen. „Jetzt hau endlich ab!", brüllte der Alte ihm zum Dank hinterher.

Wut

Mitten in der Nacht war Natalie aufgewacht. Irgendetwas tat sich draußen vor der Tür. Sie hörte laute, erregte Stimmen. „Scheiße, die wollen uns linken! Nicht mal das mit dem Scheißgeld klappt", brüllte die männliche Stimme. „Ein Hubschrauber, verdammt!" Er kriegte sich kaum noch ein. Die Frau versuchte ihn zu beruhigen. „Wir haben doch noch Zeit, es wird schon klappen. Außerdem ist das Geld nicht so wichtig." „Dir vielleicht nicht, aber ich brauche es. Schon vergessen, ich habe Schulden!" Er schrie jetzt wieder. „Das ist mir wichtiger als deine Scheiße!" „Wenn wir das erledigt haben, ist es doch vorbei damit. Endgültig."

Und dann sagte er einen Satz, dessen Echo Natalie noch Stunden später zu hören glaubte: „Und wenn die glauben, mich verarschen zu können, dann bin ich ganz schnell weg. Soll das Kind doch hier unten verrecken!"

Noch ein Rückschlag

Einerseits war MacLean sauer, weil der Hubschrauber die Geldübergabe versaut hatte. Andererseits war er froh, denn er hätte keine Chance gehabt, das Auto zu erkennen. So war immerhin das Geld noch da. Aber warum flog mitten in der Nacht ein Hubschrauber im Tiefflug über den Schlosspark?

„Sie wohnen wohl wirklich noch nicht lange in Fritzlar, was?", Martens lachte, als der Detektiv ihn das fragte. „Sind sie schon mal in Richtung Borken gefahren, Sie Spaßvogel?" MacLean schlug sich mit der flachen Hand an die Stirn. Natürlich, der Flugplatz. Fritzlar war seit Jahrzehnten Bundeswehr-Standort. Ständig waren die Heeresflieger mit ihren Hubschraubern in der Luft.

„Warten Sie mal", sagte Martens, griff zu seinem Telefon und wählte. „Hans-Jörg, grüß' dich. Karl-Heinz hier. Kannst Du mir mal einen Gefallen tun? Schau doch mal nach, ob gestern einer von Euch über Züschen unterwegs war. So kurz nach Mitternacht und ziemlich tief." Kurzes Schweigen. „Nee, erklär' ich dir später, ist für mich privat. Ja, alles klar, habe ich mir gedacht. Danke, Hans-Jörg." Er wandte sich wieder an MacLean: „Ich hatte Recht, es war eine BO 105, seit Jahren der Standard-Hubschrauber. Wird demnächst abgelöst mit neuen Maschinen. Die Dinger kennt hier jeder."

Es stimmte. Die Menschen in Fritzlar und der Umgebung waren mit den olivgrünen Helikoptern von Kindesbeinen an vertraut. Warum nahmen die Entführer dann Reißaus, als einer auftauchte? Vielleicht waren sie nicht aus der Gegend. Unwahrscheinlich, überlegte MacLean, immerhin kannten sie den Schlosspark gut genug, um dort eine Geldübergabe zu inszenieren. Dann gab es nur eine Erklärung. „Ich denke, wir haben es mit Amateuren zu tun", sagte er schließlich. Martens überlegte: „Das ist eine gute Nachricht." „Naja, nicht unbedingt. Amateure machen Fehler, das kann uns helfen. Aber, wie wir sehen, sie geraten auch schnell in Panik. Für Natalie kann das schrecklich enden." Martens Gesichtsausdruck verdüsterte sich, und MacLean gab ihm noch einen dringlichen Rat: „Sagen Sie das auf keinen Fall Natalies Eltern."

Am Abend waren Hambachers und Martens bei MacLean im Büro, um über das weitere Vorgehen zu beraten. MacLean erklärte den Eltern, warum die Geldübergabe gescheitert war, und dass das in Entführungsfällen immer wieder vorkomme. Die Hambachers durften auf keinen Fall in Panik geraten. Da sagte Martens in aller Seelenruhe: „Ich habe den Entführern übrigens schon gemailt, dass wir mit dem Hubschrauber nichts zu tun haben. Dass er von der Bundeswehr war."

MacLean verlor nur selten die Beherrschung. „Sie haben was?", brüllte er den verdutzten Karnevalspräsidenten so laut an, dass einige Whiskyflaschen im Regal zitterten. MacLean holte Luft. Es gelang ihm, etwas leiser weiterzureden: „Sie haben den Entführern damit also mitgeteilt, dass wir von dem Hubschrauber wissen. Oder anders gesagt: Sie haben den Entführern mitgeteilt, dass wir sie beobachtet haben. For fuck's sake!" Wenn er fluchte, verfiel MacLean häufig in die Sprache seines Vaters. Er war sicher gewesen, dass die Figur im Park so schnell vor dem Hubschrauber geflohen war, dass sie ihn nicht gesehen hatte. Und jetzt das! „Wir müssen froh sein, wenn die uns glauben, dass die Polizei nicht dabei war."

Mit hängenden Köpfen zogen Hambachers und Martens ab. MacLean entkorkte eine frisch gelieferte Flasche Bruichladdich und goss sich ein viel zu großes Glas ein. Alles war schief gelaufen. Erst Joe mit seinem alten Ford, dann die verkorkste Geldübergabe und jetzt dieser Stümper, der alles noch schlimmer machte. „Amateure", seufzte MacLean und goss sich noch ein Glas ein. Warm lief der Whisky seine Kehle hinab, um – nach einer Verschnaufpause – als warmer Hauch wieder hinaufzusteigen. Das war wahrhaft ein guter Tropfen.

Irgendwann wachte er von der Kälte auf, die im Laden herrschte. Er war mit dem Kopf auf dem Schreibtisch eingenickt, fast die Hälfte des guten Bruichladdich war geleert. Eigentlich kein Getränk, das man verschwendete; viel zu schade. Doch heute war es ihm egal. Er sah auf die Armbanduhr: 2 Uhr. MacLean zog seine Lederjacke vom Haken. Der historische Marktplatz mit dem alten Rolandsbrunnen leuchtete matt im Schein der gelben Lampen. Es war so still, dass MacLean das Echo seiner eigenen Schritte auf dem Kopfsteinpflaster zu hören glaubte. Die kalte Luft trug einen Winterhauch zu ihm.

Er steuerte den mächtigen Dom an, dessen Außenbeleuchtung um diese Zeit längst ausgeschaltet war. Die beiden Türme waren in der Dunkelheit mehr zu erahnen als zu sehen. Das Gittertor neben dem Portal war nicht abgeschlossen worden. MacLean kletterte die kleine Treppe hinauf. Auf der Plattform stand eine Marienstatue hinter Glas. Von hier aus hatte man einen guten Blick über den unteren Teil der Stadt. Da lagen das lang gestreckte Ursulinenkloster, in dem nur noch ein oder zwei Nonnen wohnten, daneben und darunter die vielen Gebäude der Ursulinenschule. Das Gewerbegebiet mit den üblichen Fast-Food-Läden, mit einer Bowlingbahn und mit der Sauerkrautfabrik, angeblich der größten der Welt. An vielen Tagen lag das säuerliche Aroma über der ganzen Stadt. MacLean machte das immer hungrig. Nach links fiel sein Blick auf das große Gelände der Bundeswehr: Unterkünfte, Hubschrauberhallen, Tower, Landebahnen – das ganze Programm.

MacLean versuchte, sich auf Natalie zu konzentrieren, obwohl der Whisky ihn schläfrig machte. Er stellte sich vor, wie es ihr ging, wie sie sich fühlte, was sie dachte. Schwierig, dachte er bei sich, er war so ziemlich das Gegenteil von einem neunjährigen Mädchen. Und dennoch hatte er das unbestimmte Gefühl, dass Natalie gar nicht weit weg war. Aber vielleicht redete ihm das auch nur der Bruichladdich, 15 Jahre alt, in Fassstärke, ein.

Spiel auf Zeit

Die Reaktion der Entführer auf Martens' Mail machte MacLean nicht zuversichtlicher. Sie bestand aus vier Sätzen: „So nicht. KEINE POLIZEI! Ihr hört von uns. Schöne Weihnachten." Damit war klar, dass sie nun auf Zeit spielten. Offenbar dachten sie nicht daran, sich vor Weihnachten auf eine neue Geldübergabe einzulassen. Es war gerade mal Ende November. MacLean versuchte, es den Eltern schonend beizubringen.

Sonja Hambacher brach in Tränen aus. MacLean beruhigte sie nur mühsam: „Eins ist aber auch klar: Die Entführer wollen ihrer Tochter nichts Böses antun, sonst hätten sie das schon getan. Sie wollen das Geld, und sie wollen nicht, dass sie beim Karneval auftritt. Aber warum? Wer könnte etwas gegen Sie haben oder gegen ihre Tochter?" Keiner hatte eine Idee, MacLeans Ermittlungen drehten sich völlig im Kreis. Es war zum Verzweifeln.

Auch, als er sich entschloss, doch noch bei den Müllers vorbeizuschauen, ergab das keine heiße Spur. Die vermeintliche Konkurrentin von Natalie, Raffaela, wollte genau wissen, wie es Natalie geht im Krankenhaus. Sie mochte das andere Mädchen ganz offenbar und erzählte dem Detektiv voller Stolz, dass sie nächstes Jahr Prinzessin werden sollte. Dann legte sie den Finger auf den Mund und sagte: „Aber pssst! Das ist noch geheim." Auch die Eltern der Achtjährigen waren unverdächtig und sichtlich froh, dass sie und das Kind die Ehre erst im nächsten Jahr erwartete. Seine Tarnung als Psychologe, der sich mit dem Kinderkarneval und den Auswirkungen beschäftigte, hatten sie ihm wohl abgekauft. Wahrscheinlich auch, weil Martens als eine Art Bürge mitgekommen war. So konnte MacLean Raffaela und ihre Eltern in Ruhe befragen.

Es gab keine Anhaltspunkte, dass die Müllers irgendetwas mit dem Verbrechen zu tun haben könnte. So wie überhaupt: Es gab keinerlei Anhaltspunkte. Für nichts. MacLean hatte schon lange nicht mehr so schlecht geschlafen.

Der Detektiv schrieb die Namen aller Beteiligten auf Blätter und breitete sie auf seinem Schreibtisch aus. Immer wieder schob er sie hin und her, versuchte Querverbindungen zu sehen, auf die er noch nicht gekommen war. Welches Motiv hatten die Entführer? Warum 75.000 Euro? Warum die Hambachers, ein ganz normales Ehepaar? Was sollte das „Schöne Weihnachten" in der Nachricht der Entführer, die erneut unter dem Pseudonym Harlekin abgeschickt worden war? War das wirklich ein Hinweis, dass sie bis Weihnachten nichts mehr hören würden? Bis dahin war es immerhin noch fast ein Monat. Warum spielten sie auf Zeit? Eigentlich musste ihnen doch daran gelegen sein, dass Kind schnell wieder loszuwerden. Es ging, davon war MacLean immer mehr überzeugt, um die Hambachers. Man wollte ihnen schaden. Aber warum? Und wer?

Tagelang grübelte er über seinen Zetteln und Aufzeichnungen. Immer wieder saß er bei Hambachers auf dem bunten und auf dem speckigen Sofa bei Martens, immer wieder gingen sie alles durch. Immer wieder musste er die Eltern beruhigen, ihnen einschärfen, dafür zu sorgen, dass die Geschichte mit Natalies angeblichem Aufenthalt im Krankenhaus in Bochum nicht aufflog. Dabei war MacLean genauso ratlos wie sie. Vielleicht hätte er sich auf den Whiskyverkauf beschränken sollen, da immerhin machte ihm so schnell keiner was vor.

Der Laden lief nämlich zusehends besser. Der Kunde vom 11.11., der Mann mit dem weißen Vollbart und dem Hut kam immer mal wieder herein und lenkte MacLean von den fruchtlosen Ermittlungen ab; wenn man es denn überhaupt noch Ermittlungen nennen konnte. Beim zweiten Besuch, bei dem ihm MacLean eine Flasche Talisker, den einzigen Whisky von der schottischen Insel Skye verkaufte, stellte der Mann sich als Friedhelm Fauth vor, Archivar der Stadt Fritzlar. In einem kleinen, schiefen Fachwerkhaus in der Nähe des Rathauses war er der Herr über Akten, Bücher und Dokumente. Wahrscheinlich kannten sich nur wenige Menschen so gut mit dieser Stadt aus wie Fauth, der hier aufgewachsen war und seit Jahrzehnten die Historie Fritzlars erforschte, dokumentierte und katalogisierte. Er hatte längst das Rentenalter erreicht, machte die Arbeit aber auf Honorarbasis weiter. Die Stadt war froh, dass das Archiv weiter in seinen Händen lag.

So lehnte Fauth beinahe jeden Tag eine halbe Stunde oder länger am Stehtisch und ließ sich von MacLean in die Geheimnisse des Whiskys einweihen. MacLean griff tief in die Schatzkiste seines Wissens und erzählte von Whiskys aus den Highlands, von den Islands – also den Inseln – und aus der Region Speyside. Im Gegenzug gab Fauth immer mal wieder eine Anekdote aus der reichen Geschichte der Dom- und Kaiserstadt zum Besten. Nur in seinem Entführungsfall halfen dem Detektiv die Gespräche mit dem Archivar nicht weiter, zumal er ihm nichts darüber verraten wollte. Natalies Verschwinden musste ein Geheimnis bleiben.

Kurz nach dem 2. Advent stand MacLean endgültig vor einer Wand, die undurchdringlich schien. Er fasste einen Entschluss und hatte Hambachers und Martens eingeladen, um mit ihnen darüber zu sprechen. Harlekin hatte sich seit Wochen nicht gemeldet. Es war an der Zeit, selbst zu handeln.

„Wir müssen in die Offensive gehen", erklärte er den Eltern und dem Karnevalspräsidenten, die gehofft hatten, MacLean hätte irgendwelche neuen Erkenntnisse für sie. „Ich denke, wir müssen die Entführer aus der Reserve locken", MacLean vermied das Wort ‚provozieren' ganz bewusst. „Nur so können wir sie dazu bringen, Fehler zu machen." Sonja Hambacher reagierte am schnellsten: „Aber ist das nicht gefährlich für unsere Kleine?" MacLean nickte langsam: „Ja, vielleicht. Aber ich bin überzeugt, dass es noch gefährlicher ist, nichts zu tun. Je länger die Entführung andauert, desto nervöser werden alle. Und wir wissen überhaupt nicht, wie es Natalie geht."

MacLean sah in die versteinerten Gesichter der Eltern. Martens hatte die runde Brille abgenommen und putzte sie umständlich mit einem Tüchlein. „Was schlagen Sie also vor?", wollte er wissen. „Mit dem Geld haben es die Entführer anscheinend nicht eilig. Was ich bis heute nicht verstehe, ist ihre zweite Forderung: die Absage aller Karnevalsveranstaltungen. Vielleicht wollen sie damit nur ihre Macht demonstrieren." Alle nickten. MacLean sprach weiter: „Wir sollten den Vorverkauf für Ihre Veranstaltungen beginnen." Martens zögerte: „Für die Büttenabende, meinen Sie? Kappenabende?" „Alles, was Sie üblicherweise so im Programm haben", sagte MacLean.

Nach langem Abwägen waren sie sich einig, den gewagten Plan umzusetzen. Martens steuerte noch am selben Tag die Redaktion der HNA an, die ebenfalls auf dem Marktplatz ansässig war, und bat um eine schöne Ankündigung. Bereits am nächsten Tag wurde der Startschuss des Kartenverkaufs mit einem farbenfrohen Bild in der Lokalausgabe bekannt gegeben.

Als Fauth MacLean einen morgendlichen Besuch abstattete, bemerkte er, dass der Detektiv abwesend wirkte. Das Gespräch kam kaum in Gang. „Schlecht geschlafen?", fragte der Archivar. MacLean nickte: „Mein Fall lässt mich nicht los." Fauth sah ihn fragend an, doch der Schotte sprach nicht weiter. Sein Blick verlor sich im bernsteinfarbenen Whisky auf dem Tisch.

Harlekins Rache

Zunächst geschah tagelang nichts. Doch dann, zwei Tage vor Weihnachten, wurde MacLean vom Telefon aufgeschreckt. Es war Martens, atemlos. „In fünf Minuten sind Sie bei mir. Dann sehen Sie, was Sie angerichtet haben!" Aufgelegt.

Martens war nicht allein. Auf seinem Sofa saß eine Frau mit langen lockig-rötlichen Haaren und weinte. „Das", sagte Martens, der MacLean nicht einmal einen guten Morgen gewünscht hatte, „ist Frau Lenzen, Janniks Mutter." Vor ihr, auf Martens dunklem Couchtisch, einem Modell mit eingelassenen Fliesen, lag ein Zettel. MacLean erkannte den Schrifttyp sofort: „KEINE POLIZEI! Wir haben den Jungen! Fragen Sie Martens!" „Den Jungen?", wiederholte MacLean leise, „Jannik?" „Ganz genau, Sie Superdetektiv", schimpfte Martens, „das haben Sie nun erreicht mit Ihrer beschissenen Idee." Alle schwiegen, nur die Mutter schluchzte vor sich hin.

MacLean überlegte kurz, ob er sich auf die Debatte einlassen sollte. Gebracht hätte das wohl nichts. Außerdem hatte Martens nicht Unrecht. Ohne die Ankündigung in der Zeitung wäre das vielleicht nicht passiert. Vielleicht hatten die Entführer aber auch von Anfang an geplant, den Druck zu erhöhen. Egal, ein Streit war das Letzte, was sie nun gebrauchen könnten.

MacLean sprach betont ruhig: „Es ist, ehrlich gesagt, ganz egal, wer schuld ist und wer nicht. Wir müssen jetzt überlegen, wie wir weiter vorgehen. Frau Lenzen, vielleicht erzählen Sie erstmal, was passiert ist." Die Frau zog ein Taschentuch aus ihrer Stoff-Handtasche und bemühte sich sichtlich um Fassung: „Er war doch nur bei seinem Freund Kevin, der wohnt unten gegenüber von der König-Heinrich-Schule, in so einem Mehrfamilienhaus, Sie wissen schon." Sie selbst wohne in der Altstadt, über der Post, erzählte sie. Ein kurzer Fußweg, gut zu schaffen für einen Zehnjährigen. Doch Jannik kam von seinem Freund nicht mehr zurück. Als sie gerade zum Telefon greifen wollte, um Kevins Eltern anzurufen, klingelte es an der Tür. Ein Bote eines privaten Postdienstes drückte ihr ein Schreiben in die Hand und war wieder verschwunden. „Sofort öffnen!", stand auf dem Briefumschlag, als Absender war nur „Harlekin" angegeben.

Nachdem sie die Nachricht von Harlekin gelesen hatte, rief Monika Lenzen sofort bei Martens an, der sie zu sich bat und kurze Zeit später den Privatdetektiv einbestellte. Der saß nun in der Zwickmühle. Diese Reaktion der Entführer hatte er beim besten Willen nicht erwartet. Offenbar war dieser Harlekin völlig unberechenbar. Vielleicht sollten sie doch die Polizei einschalten, überlegte MacLean. Doch das könnte Unheil für die Kinder bedeuten, so nervös, wie die Verbrecher offenbar waren. MacLeans Gehirn arbeitete, aber es arbeitete ihm nicht schnell genug. Seine Gedanken rotierten, während ihn zwei Augenpaare erwartungsvoll ansahen.

Martens ergriff schließlich das Wort. Er hatte sich etwas beruhigt: „Ich war schon entschlossen, Ihnen den Fall zu entziehen. Aber Sie sind der Einzige, der die Geschichte kennt. Was schlagen Sie also vor?" MacLean antwortete mit einer Gegenfrage, und zwar an Monika Lenzen: „Wo ist eigentlich Ihr Mann?" „Es gibt keinen, ich bin geschieden. Falls Sie Janniks Vater meinen, der ist vor fünf Jahren nach Düsseldorf gezogen. Hat eine andere." „Gut", sagte MacLean und schaute in verdutzte Gesichter. „Entschuldigung, ich meine, gut für uns. Wenn jemand fragt, sagen Sie, Jannik lebt jetzt bei seinem Vater, mindestens bis zu den Sommerferien." Die Rothaarige verstand immer noch nicht. „Wenn wir nicht die Polizei einschalten wollen, und das wollen wir ja wohl nicht, müssen wir uns eine plausible Geschichte ausdenken, warum Jannik weg ist." Die Mutter nickte jetzt, begann aber gleichzeitig wieder zu schluchzen. „Sagen Sie, Jannik hätte sich plötzlich gewünscht, bei seinem Vater zu leben. Das mag blanker Unsinn sein; Hauptsache die Leute glauben es."

„Das ist ja schön und gut", unterbrach Martens, „aber was machen wir jetzt?" „Warten", sagte MacLean, „bis Harlekin sich meldet. Rufen Sie mich an, wenn die Mail kommt." MacLean wandte sich an die Mutter: „Wir finden Ihren Sohn, unversehrt und gesund. Glauben Sie mir." Er drückte der Frau die Hand und glaubte für einen Moment, ein Lächeln im trauerzerfurchten Gesicht zu erkennen. Sie musste früher einmal eine schöne Frau gewesen sein, dachte er.

Zu zweit

Natalie hatte sich ein wenig an die trostlosen Tage gewöhnt. Sie hatte die Bücher, die auf dem kleinen Tisch lagen, x-mal gelesen und kannte sie längst auswendig. Mit einem Stein, den sie gefunden hatte, hatte sie begonnen, kleine Zeichnungen in die Mauern zu ritzen, Zeichnungen von Prinzessinnen, von Häusern, Tieren und Zeichnungen von der Sonne.

Die Nächte waren eine Qual, denn es war bitter kalt in ihrem Gefängnis. Immerhin hatten die Entführer ihr noch ein paar dicke Decken gegeben, doch die Kälte schlich sich irgendwann in der Nacht auch dort hindurch und weckte Natalie. Immer wieder versuchte sie, mit den Entführern zu reden. Nur die Frau antwortete manchmal, aber immer nur in kurzen Sätzen, mit denen Natalie beruhigt werden sollte. „Es wird schon gut, es dauert nur eine Weile", war so ein Satz oder: „Mach dir keine Sorgen." Die hatte gut reden. Natalie machte sich ständig Sorgen, vor allem seit der Mann davon geredet hatte, sie hier verrecken zu lassen.

Manchmal schoben sie ihr auch eine Schüssel mit Wasser in die Zelle, so konnte sie sich wenigsten etwas waschen. Doch die Kleider waren noch die, die die Entführer vom Stuhl neben ihrem Bett gegriffen hatten. So musste sie wenigstens nicht im Schlafanzug frieren. Langsam begannen die Sachen zu stinken. Natalies Haare fühlten sich schmierig an, wenn sie mit den Fingern hindurch strich.

Als sich dieses Mal die Tür öffnete, hörte sie eine dritte Stimme. Jemand wurde hinein gestoßen und fiel auf den Boden. Es war ein Junge, der – wie sie damals – einen Sack über dem Kopf hatte. Sie zog ihn ihm langsam ab, entfernte das Klebeband von seinem Mund und sah, dass es Jannik war, der Kinderprinz. Nachdem er sich ein wenig von dem Schrecken erholt hatte, erzählte Jannik, wie er auf dem Rückweg von einem Freund am alten jüdischen Friedhof von einem Mann angesprochen worden war, der mit seinem Wagen neben ihm angehalten hatte. „Kennst Du dich hier aus?", hatte der Mann gefragt. Jannik hatte genickt. Der Mann war ausgestiegen und hatte ihn zum Kofferraum gebeten. Dort hatte er einen Stadtplan ausgebreitet und ihn nach dem Weg zum Roten Rain gefragt. Jannik hatte sich in den Plan vertieft. War schwer zu lesen, so eine Karte. Plötzlich wurde er gepackt und in den Kofferraum geworfen. Dann war der Wagen losgebraust.

Jannik hatte kaum zu Ende erzählt, da ging die Tür wieder auf. Eine weitere Matratze und Decken wurden rein geworfen. Jetzt war

Natalie nicht mehr allein, aber hoffnungslos war die Lage immer noch. An diesem Abend weinten zwei Kinder in der Dunkelheit der alten Mauern.

Heiliger Abend

MacLeans erstes Weihnachtsfest in Fritzlar war einsam. Am Abend saß er im völlig überfüllten Dom und versuchte, die Orgelmusik, die Weihnachtsbäume und die Worte auf sich wirken zu lassen. Doch ihm wurde nicht weihnachtlich zumute. Seine Gedanken wanderten immer wieder zurück zu den Kindern, neun und zehn Jahre alt, die irgendwo gefangen saßen, die den Heiligen Abend in einem Gefängnis verbringen mussten, ohne zu wissen, wann und ob sie ihre Eltern jemals wiedersehen würden. MacLean dachte an Natalies Eltern, die wahrscheinlich Arm in Arm auf dem bunten Sofa saßen und weinten. Er dachte an die alleinerziehende Monika Lenzen, die jetzt niemanden bei sich hatte.

Dem Detektiv war nicht nach feiern zumute. In seiner Wohnung briet er sich Lachs in der Pfanne, dazu Kartoffeln und Spinat. Das hatte seine Mutter zuhause an Weihnachten gekocht. Er überlegte, Freunde in Schottland anzurufen, doch dort würde niemand in Feststimmung sein, denn gefeiert wurde erst am 1. Weihnachtstag. Nach dem Essen mit einem Glas Weißwein schaltete er den Fernseher ein: Volksmusik, Dokumentationen, Kriegsfilme und „Der kleine Lord". MacLean legte eine CD aus der Heimat ein, ließ die Gitarren und Dudelsäcke der Folkrockband Wolfstone mit voller Lautstärke laufen. Auch das, sonst ein sicheres Rezept, seine Stimmung zu verbessern, schlug fehl. Er schaltete auf Radio um, setzte sich ans Fenster und blickte auf den völlig leeren Marktplatz, der im Schein der Weihnachtsbeleuchtung lag.

Kurz entschlossen zog MacLean seine Jacke über, nahm im Laden einen 17 Jahre alten Glengoyne, einen recht sanften Whisky aus dem Regal, und ging den Marktplatz hinab. Vor dem Postgebäude zögerte er noch einmal, dann klingelte er bei Lenzen. „Ja?", kam die

Stimme zögerlich aus der Gegensprechanlage. „Ich bin's, MacLean, der Detektiv", antwortete er und hatte keine Ahnung, was er sagen würde, wenn sie fragte, was er denn jetzt wolle. Sie fragte nicht.

Monika Lenzen trug einen Jogginganzug, die Haare waren wirr und die Schminke verschmiert. Sie hatte geweint. MacLean hielt ihr den Whisky entgegen: „Schöne Weihnachten. Naja, so weit es eben geht." Wortlos bat sie ihn mit einer Geste hinein. Im Wohnzimmer stand der Weihnachtsbaum, die Kerzen waren unberührt. Darunter lagen ein Fußball, ein paar Geschenke und Briefe, noch eingepackt. Es sah aus, als warte Monika Lenzen. „Ich feiere Weihnachten, wenn er wieder da ist", sagte sie und zeigte auf ein Foto an der Wand. Darauf war ein fröhlicher, blonder Junge zu sehen, mit Schulranzen und Zuckertüte in der Hand. „Er kommt doch wieder?" Sie brach wieder in Tränen aus. „Haben Sie Gläser?", fragte MacLean, und Monika Lenzen zeigte auf eine Tür. „Küche", brachte sie unter Schluchzen heraus.

Whiskygläser fand MacLean dort natürlich nicht, er nahm zwei einfache Saftgläser mit und eine Flasche Mineralwasser aus dem Kühlschrank. Zurück im Wohnzimmer entkorkte er den Glengoyne und goss in beide Gläser einen Fingerbreit. Dann reichte er ihr das Glas. „Prost, auf Jannik und seine Rückkehr", sagte er und bemühte sich, möglichst viel Überzeugung in seine Stimme zu legen. Dabei hatte er nach wie vor keine Idee, wo die beiden Kinder waren. „Auf seine Rückkehr", antwortete die Frau und MacLean glaubte wieder, den Anflug eines Lächelns zu erkennen.

Er lehnte sich zurück, genoss den Whisky und sagte: „Erzählen Sie mir von ihrem Sohn." Es wurde ein langer Abend, an dem MacLean die Geschichte einer Frau hörte, die geglaubt hatte, den Mann ihres Lebens gefunden zu haben. Er war Soldat, und sie war ihm gefolgt, als er nach Fritzlar versetzt wurde. Für ihn gab sie ihr Studium der Kunstgeschichte auf. Als Jannik zur Welt kam, war das Glück von Monika Lenzen perfekt. Ihr Mann sah das anders, ihm wurde es bald zu eng. Als er erneut versetzt wurde, Jannik war fünf, eröffnete er ihr, dass sie nicht mitkommen müsse. Er wollte alleine weiterziehen. So blieb sie in Fritzlar, machte eine Ausbildung als Krankenschwester

41

und arbeitete im nahegelegenen Hospital zum Heiligen Geist, dem Fritzlarer Krankenhaus.

„Mit dem Studium konnte ich nicht weitermachen", sagte sie. „Wovon hätte ich uns denn ernähren sollen?" So war von der Kunstgeschichte vor allem das geblieben, was in ihrer Wohnung hing und stand: Kunstdrucke, Skulpturen, ein paar Gemälde. „Malen Sie auch selber?" Sie nickte.

Es wurde ein langer Abend, der ein richtig schöner Abend gewesen wäre, wenn nicht der Schatten von Janniks Entführung über allem gelegen hätte. Es war, als zuckte Monika Lenzen immer dann innerlich zusammen, wenn sie einmal nicht an das Kind gedacht hatte. Sie hatte wohl das Gefühl, sie müsse sich jede Freude verbieten. Die Flasche Glengoyne war immerhin halb leer, als MacLean sich um kurz nach Mitternacht auf den Heimweg machte.

An der Wohnungstür umarmte Monika ihn kurz, und wieder war da der Hauch eines Lächelns. MacLean hatte sich bei ihrem ersten Treffen getäuscht: Diese Frau war nicht irgendwann einmal eine schöne Frau gewesen. Sie war es immer noch.

Traurige Weihnachten

Für Natalie und Jannik war es das traurigste Weihnachtsfest, an das sie sich erinnern konnten. Sie hatten zwar versucht, die Tage zu zählen, waren aber immer wieder durcheinander gekommen. So hätten sie den Tag vielleicht ganz verpasst, wenn nicht statt der Suppe zwei Teller mit Bratwurst und Kartoffelbrei, beides fast schon kalt, über die Türschwelle geschoben worden wären. Dazu kamen ein großer Teller mit Lebkuchen, zwei Schokoladenweihnachtsmänner und ein Stapel Kinderbücher. Jannik griff sich den Schokoladenmann und riss die Folie ab, doch Natalie hatte eine andere Idee: „Wie wäre es, wenn wir einen davon essen und uns den anderen aufheben?" Jannik nickte.

Sie kuschelten sich gemeinsam auf einer der beiden Matratzen unter den Decken zusammen. Mit der Körperwärme des anderen ließ es sich in der Dezemberkälte so einigermaßen aushalten, hatten sie festgestellt. Sie brachen Stück für Stück aus der Schokoladenhülle ab, teilten sie und erzählten sich, wie sie jetzt zuhause Weihnachten feiern würden. Natalie sprach von dem rosafarbenen Prinzessinnenkostüm, das sie sich gewünscht hatte. Jannik hätte bestimmt einen neuen Fußball und das Computerspiel unter dem Weihnachtsbaum gefunden. Gemeinsam weinten sie um das Fest, das sie nicht erleben durften. In dieser Nacht schien es besonders kalt zu sein.

Die Drohung

Die Entführer ließen die Weihnachtstage verstreichen. Gar nicht dumm, überlegte MacLean, sie wussten genau, wie schwer das Fest ohne die Kinder für die Eltern sein würde. Er hatte nach dem Abend mit Monika Lenzen überlegt, ihren Ex-Mann einmal unter die Lupe zu nehmen. Doch er war von der Idee abgekommen. Schließlich war Natalie zuerst entführt worden, warum hätte der Ex-Mann das tun sollen? Seine neue Vermutung war: Es ging nicht um Natalie, es ging auch nicht um Jannik, es musste um den Karneval gehen. Irgendwer wollte die Feiern in dieser Session verhindern. Aber warum?

Am ersten Werktag nach Weihnachten klingelte schon früh MacLeans Telefon: Harlekin hatte sich per E-Mail gemeldet, erzählte Martens. „Karnevalsveranstaltungen sofort absagen. Sonst verlieren Natalie und Jannik Finger." MacLean ließ Martens zurückschreiben: „Erst Lebenszeichen. Telefonisch. Eltern gehen sonst zur Polizei."

MacLean gab Monika Lenzen und Hambachers Bescheid. Sie sollten, falls der Anruf kam, mit dem Anrufbeantworter alles aufnehmen. Es dauerte nicht lange, bis es soweit war. Die drei Eltern und Martens saßen am Silvesterabend in MacLeans Büro und hörten die Bänder ab. Für die Eltern waren es zugleich Dokumente der Hoffnung und des Grauens.

Nach eineinhalb Monaten hatten Sonja und Martin Hambacher zum ersten Mal wieder die Stimme ihrer Tochter gehört. Stockend, verschüchtert und leise klang Natalie. „Ich soll sagen, dass es mir gut geht." Die Stimme von der Anrufbeantworter-Kassette klang blechern. „Ich bin gesund. Sie haben gesagt, Ihr müsst tun, was sie wollen. Sonst machen sie was Schlimmes." Dann hörte man Sonja Hambachers Stimme: „Natalie, geht es dir wirklich gut? Wir vermissen dich." Die Antwort war ein Tuten.

Nun ließ Monika Lenzen ihr Band laufen. Der Anruf lief fast exakt so ab wie bei Natalie. Auch Jannik sagte, dass er gesund sei und dass sie drohten. Was jedoch den beiden Müttern und dem Vater am Tisch die Tränen in die Augen trieb, war der letzte Satz: „Sie wollen unsere Finger abschneiden, wenn du nicht auf sie hörst. Das dürfen die doch nicht." Dann erklang wieder das Tuten, wieder aufgelegt.

Vier Augenpaare sahen MacLean an, sie warteten auf eine Analyse. „Ich glaube immer noch, dass wir es nicht mit Profis zu tun haben", sagte der Detektiv, „auch nicht mit Sadisten. Sonst hätten sie längst die Finger geschickt. Aber wir dürfen sie nicht provozieren, sonst rasten sie vielleicht total aus. Entschlossen sind sie offenbar." Er wandte sich an Martens: „Sagen Sie den Karneval ab. Öffentlich." Der Präsident der Domstadt-Narren wirkte entsetzt: „Gibt es denn keinen anderen Weg?"

„Ich sehe keinen", sagte MacLean, „ich sehe überhaupt keinen. Wir sollten ihnen entgegen kommen." Martens nickte leise. „Sobald ich die Kinder gefunden habe, können Sie wieder feiern, aber im Moment wäre das viel zu gefährlich. Sagen Sie auch alle Planungen ab. Wer weiß, ob es nicht jemand aus dem Verein ist." Martens wurde fast ungehalten: „Nie im Leben, das kann nicht sein!" Doch MacLean blieb dabei: „Ich bin überzeugt, es geht gar nicht in erster Linie um das Geld. Es geht um den Karneval. Ich brauche eine Mitgliederliste – Namen, Telefonnummern, Ämter und so weiter. Alles, was Sie wissen. Wer hat Probleme, wer hat Schulden? Alles."

Zu Beginn des neuen Jahres berichtete die HNA von der Absage aller Veranstaltungen der Domstadt-Narren in dieser Session. Als Begründung hatte Martens etwas von gleich mehreren schweren Krankheiten im Umfeld des Vereins verlauten lassen.

Der Anruf

Als die Entführer die Weihnachtsschokolade und die Bücher gebracht hatten, hatte Natalie gehofft, nun würde alles gut ausgehen. Wer Weihnachtsgeschenke machte, konnte doch so schlimm nicht sein, hatte sie gedacht. Doch ein paar Tage später wurde die Tür plötzlich aufgerissen. Der Mann und die Frau kamen mit ihren Clownsmasken herein. Der Mann packte die beiden Kinder und setzte sie auf die Matratze an der Wand. „Hört gut zu", sagte er drohend, dann zog er ein langes Messer aus seiner Manteltasche. „Eure Eltern glauben immer noch nicht, dass wir es ernst meinen. Sie denken, wir machen Witze." Er zeigte auf das Handy, das die Frau in der Hand hielt. „Ihr werdet sie jetzt nacheinander anrufen und ihnen sagen, dass Ihr gesund seid. Und, dass sie besser machen sollen, was wir sagen, weil wir Euch sonst leider ein paar Fingerchen abschneiden müssen." Dazu strich er sich mit der stumpfen Seite der Messerklinge von links nach rechts über die eigenen Finger.

Natalie und Jannik starrten die Clownsmaske an. „Also nochmal langsam: Euch geht es gut, wenn Eure Eltern nicht hören, zack, Finger ab. Klar?" Die Kinder nickten. „Und wenn der eine telefoniert, ist der andere ruhig. Wenn Ihr etwas über uns verratet, sind die Finger gleich ab. Kapiert?" Sie nickten wieder. „Gut", sagte die dunkle Stimme. Dann nahm der Mann das Telefon an sich, tippte eine Nummer ein und hielt es zuerst Natalie ans Ohr. Zum ersten Mal seit fast zwei Monaten hörte das Kind die Stimme seiner Mutter wieder.

Im Keller

Die Entwicklung stimmte den Detektiv trotz aller Niederlagen optimistisch. Er musste sich eingestehen, dass seine kleine Provokation ein Fehler gewesen war. Mit der Entführung des Jungen hatte er wirklich nicht gerechnet. Doch nun konnte er endlich wirklich arbeiten. Bei Martens hatte er gerade einen Ausdruck der Mitgliederliste abgeholt, mit Namen, Adressen und Ämtern im Verein. Der Präsident hatte versprochen, möglichst viele weitere private Informationen über die Mitglieder aufzuschreiben und ihm in den nächsten Tagen zu schicken.

MacLean schlug den Kragen hoch. Ein feiner Regen lag über der Stadt, als er von Martens Häuschen im Nordfeld den Rückweg einschlug. Es war längst dunkel, die Straßen waren menschenleer, nur vom Supermarkt an der Wolfhager Straße und von den Tankstellen kam ein farbiger Glanz in die trübe Nacht. Ein kalter Wind fegte durch die Fußgängerzone, als MacLean auf sein Haus zusteuerte. Er dachte an die beiden Kinder und ihre Familien und fragte sich, wer ihn vermissen würde, falls er entführt würde. In diesem Moment war er einsam.

Im Laden knipste er wieder nur die Schreibtischlampe an. Er bildete sich ein, durch den Lichtspot auch seine Gedanken fokussieren zu können. Er legte Martens Liste in die Mitte und blätterte sie durch. Von A wie Abraham bis Z wie Zorenski las er an die 250 Namen, Adressen und Telefonnummern. Doch für MacLean waren es eben mit Ausnahme von Martens, Hambacher und Lenzen nur Worte auf einem Zettel, keine Menschen. „Words, words, words!", flüsterte er vor sich hin. Dann fiel sein Blick wieder auf den Anrufbeantworter der Hambachers. Er drückte auf den Knopf und wieder ertönte Natalies Stimme. Er hörte die Aufnahme siebenmal, dann die von Jannik.

Irgendetwas verband die beiden Anrufe. Natürlich, der Text war ähnlich, natürlich klangen beide ängstlich und traurig, aber da war noch etwas. Immer wieder spielte der Detektiv die Aufnahmen ab. Dann stand er auf, ging hinaus, öffnete die Luke zu seinem Gewölbekeller und stieg hinab. Unten angekommen sagte er Natalies Text auf: „Ich bin gesund. Sie haben gesagt, Ihr müsst machen, was sie wollen. Sonst machen sie was Schlimmes." Er wiederholte die Worte, noch einmal und noch einmal. Dann war er sich sicher.

Der Archivar

MacLean hatte fest damit gerechnet, dass Friedhelm Fauth am nächsten Tag vorbeischauen würde. Und wirklich: Um kurz vor 11 sah er das freundliche Gesicht mit dem weißen Vollbart und dem Hut vor seiner Ladentür. „Guten Morgen, mein Lieber", rief ihm Fauth fröhlich entgegen, „lassen Sie uns noch mal über den 25 Jahre alten Highland Park sprechen. Wenn Sie mir im Preis etwas entgegen kämen..." „Sie wollen mich ruinieren", rief MacLean von seinem Schreibtisch aus, wo er einen Stadtplan von Fritzlar ausgebreitet hatte. „Keineswegs", antwortete Fauth. Dann sah er die Karte: „Oh, Sie interessieren sich für mein Fachgebiet." „Nun, ehrlich gesagt, wollte ich Sie um einen Gefallen bitten. Nehmen Sie doch Platz."

MacLean hatte sich entschieden, dem alten Mann zu vertrauen. Jetzt erzählte er ihm die ganze Geschichte der Entführungen, er erzählte ihm von der verpatzten Geldübergabe, von der Verzweiflung der Eltern und von den Lebenszeichen. „Was mir an beiden Anrufen aufgefallen ist, ist der merkwürdige Hall. Ich bin sicher, die Kinder haben aus einem großen Keller oder einer Art Gewölbe angerufen." Fauth verstand noch nicht. „Naja, wenn jemand in Fritzlar so gut wie jedes Gewölbe und jeden Keller kennt, sind Sie das. Kurz gesagt: Ich brauche ihre Hilfe." Jetzt lächelte Fauth und reichte MacLean die Hand: „Abgemacht, und was bekomme ich dafür?" Der Detektiv stand auf, ging zu einem seiner Regale, nahm eine Flasche heraus und reichte sie dem Stadtarchivar: „Einen Highland Park, 25 Jahre alt, 50,7 Prozent Volumenalkohol." Fauth nickte, zog den Stadtplan zu sich heran, zückte eine Lesebrille und sagte: „Also gut, fangen wir an!"

Das Gedächtnis dieses Mannes war erstaunlich. Innerhalb von einer Stunde hatte er auf MacLeans Stadtplan etliche Gebäude in der Innenstadt mit einem Kreuz versehen. Sie alle hatten einen Gewölbekeller oder etwas Vergleichbares. Allein am Marktplatz traf das auf fast jedes Haus zu, überhaupt war der historische Kern der mittelalterlichen Stadt mit Kreuzchen übersät. „Natürlich", grübelte Fauth laut vor sich hin, „haben die meisten moderneren Häuser auch einen Keller." MacLean nickte, glaubte jedoch, dass der Keller eines modernen Wohnhauses niemals so einen Hall erzeugen würde.

Auch der altehrwürdige Dom St. Peter und das historische Rathaus waren mit einem Kreuz markiert. Ziemlich unwahrscheinlich, überlegten Fauth und MacLean, dennoch führte ihr erster Weg sie in das Dompfarramt. Fauth war natürlich auch dort ein guter Bekannter und musste sich daher nicht lange mit Erklärungen aufhalten. Der Stadtpfarrer, der wie die anderen Mitglieder des Ordens der Prämonstratenser, ein langes, weißes Gewand trug, drückte ihm einen Schlüsselbund in die Hand und erlaubte ihm, sich dort umzusehen. Fauth hatte MacLean als einen katholischen Neubürger vorgestellt, der sich für die Geschichte der Stadt interessiere, was ja nicht einmal gelogen war. Über dem Portal des Domes prangte ein Wappen. „Das Wappen des Papstes", erläuterte Fauth, „es hängt dort, seit unser Dom zur päpstlichen Basilika ernannt wurde."

MacLean wusste bei großen Kirchen oft nicht zu unterscheiden, ob er ihre Dimensionen beeindruckend oder beängstigend fand. Das Innere des Fritzlarer Doms war dunkel, es atmete eine jahrhundertealte Geschichte. In den Beichtstühlen waren sicher schon Dinge gebeichtet worden, von denen man sich in neuerer Zeit keine Vorstellung machte. Leise Orgelmusik lag über der Szene. Fauth steuerte sofort eine Treppe neben dem Altarraum an, die in die Tiefe führte. Er leitete den Detektiv durch die Krypta, öffnete Türen und verschloss sie wieder. Nach einer halben Stunde war MacLean ein gutes Stück in Sachen Kirchengeschichte voran gekommen, aber kein Stück in seinem Fall.

Im Rathauskeller ging es noch schneller. Fauth, der für MacLean im wahrsten Sinne zum Türöffner geworden war, holte den Schlüssel – nichts. In die vielen Privathäuser zu gelangen, war etwas schwieriger, schließlich hatte MacLean keine polizeilichen Befugnisse. Doch Fauth war Gold wert. Er kannte die meisten Eigentümer und erzählte ihnen irgendwas von Forschungen, schon rückten sie die Schlüssel raus oder begleiteten die beiden Männer in den Keller. Dort machte MacLean sich ein paar scheinbar wichtige Notizen, und schon war die Sache erledigt.

Und doch dauerte die Suche Tage. Eigentümer waren im Urlaub oder aus anderen Gründen nicht erreichbar, manchmal wohnten sie auswärts und hatten das Haus nur vermietet, nutzten den Keller aber, um dort Gerümpel zu lagen und keiner wusste, wo der Schlüssel war. Die Abende verbrachte MacLean damit, Martens' Liste mit den Namen durchzuarbeiten, die der Präsident inzwischen mit ein paar persönlichen Anmerkungen ergänzt hatte. Dabei stieß er auf einen gewissen Stefan Meinz, der in der Nähe des Doms wohnte. Martens hatte an den Namen handschriftlich angefügt „Merkwürdiger Typ, keine Frau bekannt." Ein Blick auf Fauths Plan ließ MacLean stutzen: das Haus von Meinz hatte auch einen Gewölbekeller.

„Den habe ich schon angerufen", sagte Fauth auf MacLeans Frage, „er sagt, er hätte kein Interesse an Geschichte." MacLean zog den Mantel an und sagte, als der Stadtarchivar ihn komisch ansah: „Wir gehen ihn besuchen." Meinz saß vor dem Fernseher und bat sie nur zögerlich herein. Er war eine gute Spur zu dick, trug einen Trainingsanzug und seine Haare sahen so aus, als habe er sie in diesem Jahr noch nicht gewaschen. „Wir möchten", fing Fauth an, „gerne mal einen Blick in Ihren Keller werfen. Für ein historisches Forschungsprojekt. Mein Mitarbeiter", er zeigte auf MacLean, „und ich interessieren uns dafür, wofür diese alten Keller früher einmal genutzt wurden. Sie würden uns sehr helfen." „Ich habe doch schon am Telefon gesagt, dass ich mich nicht für Geschichte interessiere." Jetzt griff MacLean in das Gespräch ein: „Natürlich ist Ihr Beitrag freiwillig. Aber es würde schon komisch aussehen, wenn ihre Nachbarn uns alle in den Keller lassen und wir in dem Bericht schreiben müssten, dass Stefan Meinz uns den Zutritt verweigert hat. Man würde denken, Sie hätten etwas zu verbergen, meinen Sie nicht?"

Meinz' Blick wurde regelrecht panisch, dann fing er sich: „Und was genau haben Sie in meinem Keller vor?" Er betonte das Wort ‚meinem' stark. „Nun", sagte Fauth mit seiner beruhigend tiefen Stimme, „wir würden uns nur den Raum mit allen Nebenräumen ansehen, die Wände begutachten. Natürlich fassen wir nichts an, ohne dass Sie es erlauben." Der Mann im Trainingsanzug nickte. „Na gut", murmelte er und griff zum Schlüsselbrett. Vor dem Haus war der Einstieg zum Keller, der durch eine ebene Metallklappe im

Boden verschlossen war. „Und Sie fassen bestimmt nichts an?",
versicherte er sich nochmal, bevor er den Schlüssel im Schloss he-
rumdrehte. Ein moderiger Geruch empfing die drei Männer. Meinz
betätigte einen kleinen Schalter und unten glühte ein funzeliges Licht
auf. MacLean tastete unter seiner Lederjacke nach der Pistole, die
an Ort und Stelle saß. Langsam stiegen sie hinab, Meinz vorneweg.

Der Keller sah merkwürdig aus. In der Mitte stand ein alter, abge-
wetzter Sessel, davor ein Fernsehgerät mit einem DVD-Spieler und
ein Heizlüfter; ansonsten war das rundgemauerte Gewölbe nur mit
ein paar Kartons vollgestellt. Nebenräume gab es nicht. Hier waren
die Kinder jedenfalls nicht. Doch MacLean hatte trotzdem eine sehr
genaue Ahnung, was los war. Meinz stand mit hängenden Schultern
mitten im Raum, als habe er auf die Frage gewartet. „Was also verstecken Sie hier?", fragte MacLean und deutete auf die Kartons, doch
Meinz bewegte sich nicht. MacLean öffnete eine der Kisten: DVDs,
CDs, Magazine – Meinz war ein leidenschaftlicher Pornosammler.

Im Büro bei einem Glas 18 Jahre alten Tomatin konnten die beiden
Männer schon wieder lachen. Der arme Tropf mit seinem Pornokeller
tat ihnen direkt ein wenig leid. Wahrscheinlich würde er immer einen
roten Kopf bekommen, wenn er ihnen in den nächsten Jahren irgendwo auf der Straße begegnete. So lustig die Episode rückblickend war,
die Kinder brachte es der Freiheit kein Stückchen näher.

Der Anschlag

Bei dem einen Glas blieb es natürlich nicht. Fauth und MacLean
breiteten die große Stadtkarte vor sich aus: Viele der Häuser in der
Innenstadt waren mit einem roten Haken versehen, dort waren sie
schon gewesen, ohne auch nur einen Hauch von Natalie und Jannik
zu finden. „Dann machen wir hier morgen weiter", schlug Fauth vor
und zeigte auf eine Häuserzeile, als splitterndes Glas die Stille zerriss. MacLean ließ sich reflexartig fallen, während Fauth stocksteif
auf seinem Platz saß. „Runter!", brüllte MacLean ihn an, und Fauth
suchte Schutz. Vor dem zerstörten Schaufenster sah MacLean eine

50

schattenhafte Gestalt davon rennen. Er sprang auf und hechtete los, sprintete auf die Straße und sah die Figur gerade noch in der Gasse in Richtung Rathaus verschwinden.

Bevor er um die Ecke gebogen war, heulte ein Motor auf, das letzte was er sah, waren die Rücklichter. MacLean blieb keuchend stehen und sah in das erstaunte Gesicht eines Mannes. „Haben Sie das Nummernschild gesehen?", raunzte er ihn an. „Von dem Passat? Es war einer von hier – HR. Den Rest habe ich mir nicht gemerkt." „Na super. Trotzdem danke." Der Passant ging kopfschüttelnd seines Weges.

Im Laden saß Fauth. Er war sichtlich schockiert. Erstmals glaubte MacLean, ihm sein Alter ansehen zu können. Er hatte sich wieder auf den Stuhl am Schreibtisch gesetzt und sich ein weiteres Glas Whisky eingegossen. Vor ihm lag ein großer Stein, um den ein Zettel gewickelt war. Fauth deutete darauf: „Das haben sie wohl geworfen." Wahrscheinlich war dem alten Archivar jetzt erst klar geworden, dass es sich hier nicht um eine Schnitzel-, sondern um eine Verbrecherjagd handelte. MacLean goss sich ebenfalls noch ein Glas ein, dann wickelte er vorsichtig den Zettel ab. Er strich das Papier glatt und las die computergeschriebene Botschaft: „Halt dich raus, Scheiß-Engländer. Harlekin."

„Die spinnen wohl!", ereiferte sich MacLean, „die haben wohl nicht alle Tassen im Schrank!" Fauth pflichtete ihm bei: „Das ist wirklich der Gipfel, Ihre Scheiben einzuschmeißen." „Meine Scheiben? Ach das meinen Sie. Nein, mich als Engländer zu bezeichnen, that's a fucking nuisance!" Fauth schüttelte den Schopf: „Erklär mir einer die Schotten."

MacLean besah sich noch einmal den Stein, ein handelsüblicher Pflasterstein, wie er in Fritzlar an vielen Stellen lag und sich schnell aus der Straße lösen ließ. Dann las er nochmal den Brief durch, lächelte plötzlich und hob sein Glas. „Lassen Sie uns anstoßen!", verkündete er. Fauth war verwirrt. „Wir haben sie nervös gemacht, wir müssen auf der richtigen Spur sein, die Keller sind goldrichtig! Außerdem sind sie wirklich von hier, das wissen wir immerhin vom Kennzeichen. Die Kinder sind nicht weit weg!"

Die Nacht wurde ungemütlich für MacLean. Er hatte sich entschlossen, im Laden auf einer Matratze zu übernachten, damit niemand die kaputte Scheibe als Einstieg nutzte, um sich einen guten Tropfen zu genehmigen. Durch das Loch, das er notdürftig mit Pappe gestopft hatte, zog ein schneidender Wind und ließ ihn nur schlecht schlafen. Er grübelte über den Fall. Sie waren den Entführern aufgefallen, das stand fest. Aber würde das Natalie und Jannik nun in Gefahr bringen? Waren sie wirklich dicht dran an einer Lösung? Sie mussten vorsichtig sein.

MacLeans erster Anruf am nächsten Morgen galt einem Glaser. Mit der Sonne war auch MacLeans Optimismus zurückgekehrt, die Zweifel der kalten Nacht im Laden waren verflogen. Er glaubte plötzlich sicher, den Entführern näher gekommen zu sein. Im ersten Überschwang rief er Martens an und schlug ihm vor, den Rosenmontagszug doch zu organisieren, möglichst im Geheimen. Auf jeden Fall sollte er alles in die Wege leiten. Schon eine halbe Stunde später zweifelte MacLean, ob das eine gute Idee gewesen war.

Am Abend, als er erneut nach einer erfolglosen Tour durch mehrere Keller mit Fauth im Laden saß, war er sicher, dass es falsch war. Doch sein schottischer Dickkopf erlaubte es ihm nicht, Martens wieder zurückzupfeifen. Er schlug mit der flachen Hand auf den Tisch, so dass der Stadtarchivar, der gerade einen Schluck zehnjährigen Isle of Jura genommen hatte, ihn erschrocken ansah: „Verdammt, wir müssen endlich weiterkommen!" Sie blickten auf den Stadtplan, auf dem kaum noch ein Haus, das in Frage kam, nicht abgehakt war, und spürten ihre eigene Ratlosigkeit.

Nächtlicher Spaziergang

Als Fauth gegangen war, und die Dunkelheit längst über der mittelalterlichen Stadt lag, zog MacLean seinen Mantel über. Er musste nachdenken, und das ging am besten an der frischen Luft. Als er gerade die Ladentür zuschließen wollte, fühlte er sich beobachtet. Er sah sich um: Der Rolandsbrunnen plätscherte vor sich hin, in einigen

Geschäften glimmte eine Nachtbeleuchtung, in wenigen Wohnungen brannte noch Licht, aber weit und breit war kein Mensch zu sehen. Auf der Terrasse der Eisdiele gegenüber zog eine Katze ihre Runde. Noch ein Nachtschwärmer, dachte MacLean. Dann kehrte er in den Laden zurück, nahm die Pistole aus der Schublade und ging los. Seit dem Steinwurf hatte er etwas von seiner Sicherheit verloren. Vielleicht war es genau der falsche Weg, die Entführer zu provozieren, weiterzusuchen und sogar den Zug zu organisieren. Unwahrscheinlich, dass sie nichts davon mitbekommen würden, in einer Kleinstadt wie Fritzlar.

Der Detektiv ging durch die menschenleere Fußgängerzone, vorbei an herunter gelassenen Rollläden, vergitterten Geschäftseingängen und dunklen Apotheken. Dann schlug er über den Busbahnhof den Weg an der Stadtmauer ein, durch die kleine Grünanlage im Schatten der mächtigen Türme. Er setzte sich fröstelnd auf eine Bank und versuchte, die Fakten in diesem rätselhaften Fall zu ordnen.

Zwei Kinder waren weg, und die Entführer forderten ein beinahe lächerliches Lösegeld. Und sie ließen sich Zeit; für MacLean war das eine Bestätigung, dass es vor allem um die zweite Forderung ging, um die Absage des Karnevals. Nur deswegen, und auch davon war der Detektiv immer noch überzeugt, saßen Jannik und Natalie irgendwo in einem Keller. Die Suche im Umfeld der Kinder hatte keine Ergebnisse gebracht. Wer konnte etwas gegen den Karneval haben? Anwohner, denen es zu laut war? Die würden wohl kaum eine derart hohe kriminelle Energie aufbringen. Die fünfte Jahreszeit, wie die Karnevalisten so gerne sagten, war in Fritzlar akzeptiert, hatten alle gesagt, die er gefragt hatte.

MacLean zog den Mantel enger zu, die Kälte stieg an seinen Beinen empor. Er fühlte sich, als hätte er plötzlich einen völlig klaren Kopf. Es ging nicht um den Karneval als Institution, es ging um etwas Persönliches. Verbrechen ließen sich auf wenige Motive zurückführen, war MacLeans Erfahrung. Gier schied bei dem geringen Lösegeld aus. Dann blieben nur Liebe und Hass; zwei Dinge, die viel miteinander zu tun hatten. Irgendjemand, der im Karneval wichtig war, dem die Feiern viel bedeuteten, sollte getroffen werden. Er musste die Mitgliederlisten noch einmal durcharbeiten. „Liebe und Hass", murmelte MacLean fröstelnd vor sich hin, als sich eine Hand auf seine Schulter legte. Instinktiv tastete er nach seiner Waffe, doch dann hörte er eine weibliche Stimme. „Können Sie auch nicht schlafen?" Es war Monika Lenzen, Janniks Mutter. Sie hatte ihre roten Haare unter einer Wollmütze versteckt: „Seit er weg ist, bin ich jede Nacht hier draußen. Er fehlt mir so." Sie begann zu schluchzen. MacLean zog sie an sich, spürte die Wärme dieser Frau und ihren Kopf auf seiner Schulter. „Ich werde Jannik finden", hörte er sich sagen und wunderte sich, wie sicher seine Stimme klang.

Das Fieber

Es hatte mit einem Husten angefangen. In der nächsten Nacht kratzte es Natalie im Hals; ein unangenehmes Gefühl, das stetig stärker wurde. Natürlich hatte Jannik ihr Husten gehört, er war mehrere Male in der Nacht davon wach geworden. Am nächsten Tag saß sie müde in der Ecke auf ihrer Matratze und sagte fast kein Wort. Das Mädchen spürte, wie es in seinem Kopf heiß wurde.

In der Nacht wachte Jannik wieder auf, weil er Natalie stöhnen hörte. Langsam schlich sich der Junge zu dem Mädchen hin und legte ihm seine Hand auf die Stirn: glühend-heiß. Natalie hatte Fieber vielleicht hohes Fieber. Jetzt überlief es Jannik kalt. Was sollte er tun? Wenn er Fieber hatte, kümmerte sich seine Mutter um ihn. Das Fieber wurde gemessen, und er bekam Tabletten oder diesen Saft, der süß, aber trotzdem nicht lecker schmeckte. Doch hier unten gab es keine Medikamente. Konnte man nicht am Fieber sogar sterben? Hatte er das nicht irgendwo gehört? Wenn es über 41 Grad ging, oder so. Aber wie viel waren 41 Grad? So heiß, wie ihre Stirn war, musste sie hohes Fieber haben.

Jannik wusste keinen Rat und trommelte mit beiden Fäusten gegen die Tür, doch von draußen war kein Geräusch zu hören. Die Entführer waren nicht da. Jannik knipste die kleine Lampe an und ging wieder zu Natalie, auf deren Stirn sich Schweißperlen gebildet hatte. Ihre

Stirn war wirklich wahnsinnig heiß, sie musste sehr schwitzen. Dennoch zitterte sie, als sei ihr kalt.

Jannik fühlte sich plötzlich so allein wie noch nie in seinem Leben. Natalie lag zwar direkt neben ihm, er spürte sie sogar unter seiner Hand, aber sie war trotzdem nicht da; nicht so, wie er sie kannte. Er flüsterte ihren Namen und rüttelte ein wenig an ihrer Schulter. Ein Glück, sie schlug die Augen auf. „Marie?", sagte sie, „bist Du das?" „Nein, nein, ich bin's doch, Jannik!" Doch sie erkannt ihn nicht. „Marie, wo sind Deine Augen", stöhnte sie, „wieso tust Du das. Was machst Du mit mir?" „Aber ich bin es doch", versuchte er es erneut. „Neeein, tu das nicht!" Jannik packte nackte Panik, er hatte plötzlich Angst vor dem Mädchen, das ihm in den vergangenen Wochen ans Herz gewachsen war. Das war nicht Natalie, seine Natalie, die da lag.

Der Junge war froh, als sie die Augen wieder geschlossen hatte und sich ihre Atmung auf Schlaf umstellte. Jedes Mal, wenn sie wieder ächzte, zuckte Jannik zusammen. Dann fiel ihm etwas ein. Sein Oma hatte doch immer von Wadenwickeln gesprochen, wenn er selbst Fieber hatte. „Das macht man heute nicht mehr", hatte seine Mutter dann gesagt, aber vielleicht half es ja doch.

Vor ein paar Tagen hatten die Entführer wieder einmal eine Waschschüssel in das Verlies geschoben. Jannik nahm das Handtuch und tauchte es in das kalte, nicht mehr ganz saubere Wasser. Vorsichtig schob er Natalies rechtes Hosenbein hoch und wickelte das nasse Tuch darum. Er war froh, dass sie nicht aufwachte. Nach einiger Zeit nahm er das Handtuch wieder ab, tauchte es wieder in die Schüssel und wickelte es um das andere Bein.

Er tat in dieser Nacht kein Auge zu. Bei jedem Geräusch das Natalie von sich gab, und das waren viele in diesen dunklen Stunden, überfiel ihn wieder die Angst. Er hatte Angst, sie würde einfach steben, einfach so. Als sich das erste Frühlicht durch das Fenster zwängte, fühlte er sich etwas besser. Die Nacht ließ jede Angst wachsen. Schließlich schlug Natalie die Augen auf. „Wie geht es Dir?", flüsterte Jannik und fürchtete, sie würde ihn wieder nicht erkennen. Doch in ihren Augen sah er Vertrautheit. „Schlecht.", murmelte sie kaum hörbar und plötzlich lauter: „Den Eimer, schnell!"

Jannik brachte ihr den Eimer, den sie als Klo benutzen mussten und das Mädchen erbrach sich. Es war schrecklich, und Janniks Angst war wieder da; Tageslicht hin oder her. Als sich Natalies Magen beruhigt hatte, sank sie matt auf ihr Lager und schlief gleich wieder ein. Jannik war wieder allein mit sich und dem Gestank von Krankheit, der jetzt den Raum im Griff hatte.

Das Fertiggericht

Noch nie hatte Jannik den Mittag so herbeigesehnt wie an diesem Tag. Die Frau würde kommen, um das Essen zu bringen, und sie würde wissen, was zu tun ist. Schon Stunden, bevor es so weit war, lauschte er nach jedem Geräusch, das von außen zu ihm drang. Jedes Mal hoffte er, Schritte im Gang zu hören, den Schlüssel in der Tür oder eine Stimme. Doch es dauerte lange. Schließlich hörte er jemanden im Gang. Die Schritte waren schwer, es musste der Mann sein.

Schon lange, bevor die Schritte vor der Tür angelangt waren, begann Jannik mit den Fäusten gegen die Tür zu hämmern. Er schlug darauf ein mit so viel Kraft wie noch nie zuvor. Seine Hände schmerzten, aber Jannik hatte das Gefühl, als könne er seine Angst der vergangenen Nacht aus sich herausprügeln. „Was soll denn die Scheiße?", brüllte der Mann schließlich direkt vor der Tür. Dann wurde der Schlüssel gedreht, und die Clownsmaske tauchte im Spalt auf. „Hast Du sie nicht mehr alle? Bist Du durchgedreht, oder was?" Der Mann war ärgerlich. Aus Jannik war die Kraft gewichen. Er zeigte mit dem Finger in die Ecke, in der Natalie auf der Matratze zusammengekauert lag und sagte: „Sie ist krank. Fieber. Vielleicht stirbt sie. Sie müssen uns helfen. Sie hat gebrochen." Jetzt zeigte er auf den Eimer. „Scheiße, was für ein Gestank!" Der Mann war unbeeindruckt. „Bring mir mal den Eimer."

Jannik schleppte den Eimer zur Tür und reichte ihm den Mann. Nach einiger Zeit war der Mann wieder da und reichte einen leeren

Eimer hinein. „Da.", sagte er kurz. „Aber sie ist krank", versuchte Jannik es erneut. Der Mann überlegte. Dann ging er zu Natalie und legte seine Hand auf ihre Stirn, fast zärtlich. „Ach, das wird schon wieder. Bisschen Fieber, das geht wieder weg." Er wandte sich zum Gehen. Kurz vor der Tür drehte er sich um: „Gute Nachricht, ab heute gibt es richtig warmes Essen. Ich habe eine neue Mikrowelle mitgebracht. Wenn die Kleine was isst, geht es ihr schon wieder besser."

Dann war er verschwunden. Nach einiger Zeit hörte Jannik von draußen einen Klingelton, dann nochmal. Schließlich stand der Entführer wieder in der Tür, in der Hand zwei dampfende Plastikteller. Darauf lagen in drei unterschiedlich großen Vertiefungen Reis, Hühnerfrikassee und Erbsen: ein Fertiggericht. „Aber sie braucht Tabletten." In der Stimme des Mannes war wieder die bekannte Härte: „Ach was, die schläft sich gesund." Dann zog er krachend die Tür zu. Jannik war wieder allein mit der kranken Natalie.

Carstens Geschichte

Am nächsten Morgen saß MacLean bei Martens. Der war verunsichert, weil er wieder eine E-Mail von „Harlekin" bekommen hatte. Martens las vor: „Der Engländer soll sich raushalten. Sonst passiert was." MacLean schüttelte den Kopf: „Ich bin kein Engländer, damn it!" Martens verstand den Ausbruch nicht, er las einfach weiter: „Für die zwei Kinder wollen wir 150.000 Euro. Wir melden uns übermorgen. Harlekin" Martens nahm langsam seine runde Brille ab und rieb sich mit dem Handrücken über die Augen, seufzte und sagte leise: „So viel Geld haben wir nicht auf dem Vereinskonto. Ich bekomme höchstens 100.000 zusammen."

In diesem Moment wurde die Tür zum Wohnzimmer von außen geöffnet, das rundliche Gesicht einer Frau wurde sichtbar. MacLean sah die Frau von Martens zum ersten Mal, bisher war ihm gar nicht klar gewesen, dass der Karnevalspräsident verheiratet war. Maria Martens war stämmig und handfest. „Wie wäre es mit einem Kaffee?", fragte sie in die Stille. „Eine gute Idee, sehr gute Idee", entgegnete ihr Mann. Kurze Zeit später kam sie mit einem Tablett herein, auf dem drei dampfende Tassen im Blümchen-Muster standen. „Darf ich?", fragte sie und setzte sich, als die beiden Männer nickten. „Meine Frau weiß natürlich Bescheid", erklärte Martens, „das ist doch sicher in Ordnung?"

„Wie ist die Lage?", fragte Elisabeth Martens und ihr Mann erzählte ihr von der neuen Forderung und von den fehlenden 50.000 Euro. Sie schwieg eine Weile, bevor sie langsam, aber mit genau gesetzten Worten antwortete: „Du weißt, welches Geld wir dafür nehmen können." Doch ihr Mann schüttelte den Kopf, und MacLean spürte, wie sich eine tiefe Traurigkeit im Raum ausbreitete.

„Nicht das von Carsten, nicht das." Sie entgegnete: „Doch, das hätte er so gewollt." Dem Präsident der Domstadt-Narren waren Tränen ins Gesicht gestiegen. Er nickte langsam und sagte: „Wahrscheinlich hast du Recht." Dann nahm Elisabeth ihren Mann in den Arm und beide weinten heftig. MacLean saß schweigend daneben und bewunderte die Frau für ihre Kraft, ohne zu wissen, worum es ging. Martens hatte sich wieder etwas beruhigt und nahm einen großen Schluck aus der Kaffeetasse, bevor er zu sprechen begann: „Carsten war unser Sohn." Dann erzählte er von Carsten, der der Stolz seiner Eltern gewesen war. Schon in der Grundschule hatte er sich für den Karneval interessiert, er war in den Verein eingetreten und hatte auch im Fanfarenzug gespielt. Schon mit 13 Jahren hatte er seine erste Büttenrede gehalten, und natürlich war er Kinderprinz gewesen. In diesem Moment verstand MacLean noch besser, warum Martens diese Entführung so stark berührte.

Erst über seinen Sohn war Karl-Heinz Martens mit dem Karneval in Berührung gekommen, auch Mutter Elisabeth wurde Mitglied im Verein. Die Eltern unterstützten das Kind, fuhren Carsten zu Sitzungen und Bällen in ganz Nordhessen, und an Mutters Nähmaschine entstand jährlich ein aufwändiges Kostüm. „Er war ein Kind wie aus dem Bilderbuch. Es war fast zu schön, um wahr zu sein. Naja, vielleicht war es das wirklich", sagte Martens und musste sich erneut ein paar Tränen aus den Augenwinkeln wischen. In der Schule, im Sportverein, im Fanfarenzug und im Fußballverein – überall war Carsten, wenn man der Erzählung seines Vaters glauben konnte, ein Musterknabe gewesen. Er machte sein Abitur an der König-Heinrich-Schule mit einem Einser-Schnitt und wollte Jura studieren.

An diesem Abend vor sechs Jahren, kurz nach der letzten Abiprüfung, war Carsten mit Freunden bei einer Grillfete am Silbersee bei Frielendorf gewesen. Die jungen Männer hatten einiges getrunken und Carsten war, ganz braver Sohn seiner Eltern, deswegen nicht selbst gefahren. Doch einer der Freunde, mit dessen Wagen sie unterwegs waren, war nicht so vernünftig. Der Wagen mit den fünf Insassen endete kurz vor Homberg an einem Baum. Carsten und ein Schulkamerad, starben noch am Unfallort. Drei überlebten den Unfall, darunter der Fahrer. Wegen fahrlässiger Tötung wurde er ins Gefängnis geschickt. „Er muss jetzt irgendwann wieder freikommen", sagte Martens, „aber das ist eigentlich egal. Auch wenn er lebenslänglich im Gefängnis sitzen würde, unseren Jungen würde es uns nicht wiederbringen."

MacLean war noch nicht klar, was die traurige Geschichte der Familie Martens mit dem Geld zu tun hatte, von dem sie gesprochen hatten, doch Elisabeth Martens kam nun auf diesen Punkt zu sprechen: „Immer, wenn der Junge Geldgeschenke bekam, haben wir es auf ein Konto gelegt. Wir haben selbst einiges überwiesen, und es gab eine Ausbildungsversicherung, die kurz nach dem Abitur ausgezahlt wurde." Sie musste sich bemühen, nicht wieder in Tränen auszubrechen, und es gelang ihr. „Wir haben dieses Geld nicht angerührt, 62.000 Euro. Wir wollten etwas finden, das garantiert in Carstens Sinn wäre", fuhr sie fort, „und was könnte das eher sein, als seine Nachfolger als Kinderprinzenpaar zu retten?" Ihr Mann nickte wieder und flüsterte fast, als er sagte: „Ich werde es morgen abheben."

Das Medikament

Natalie hatte tatsächlich versucht, von dem Hühnerfrikassee zu essen, aber schon nach dem ersten Löffel musste sie wieder brechen. „Nimm du es", sagte sie und schob Jannik den Teller zu. Der zögerte, ließ sich aber überreden und merkte beim Essen, wie viel Hunger er hatte. Er schaufelte das Gericht bis zur letzten Erbse in sich hinein.

So gut Jannik das Essen bekam, so wenig besserte sich Natalies Zustand. Sie blieb liegen und stand nur auf, wenn sie sich wieder übergeben musste. Irgendwann am Nachmittag fiel sie in einen unruhigen Schlaf. Jannik betrachtete sorgenvoll, wie sie sich herumwälzte und ächzte und stöhnte. Plötzlich schlug sie die Augen auf und begann wieder, zu fantasieren. „Mama, Papa!", rief sie, „nicht weggehen. Nehmt mich doch mit." Dann begann sie bitterlich zu weinen, bis sie der Schlaf überwältigte.

Als es draußen längst dunkel geworden war, hörte Jannik wieder Schritte. Diesmal war es die Frau, das konnte eine Chance sein. Nicht hämmern, hatte er sich vorgenommen, vielleicht würde sie das auch ärgerlich machen. Also wartete er, bis die Tür geöffnet wurde und die Frau mit der Maske herein kam. „Sie stirbt. Natalie stirbt", sagte er. Durch die Schlitze der Maske sah sie ihn an, und er glaubte zu sehen, dass die Augen nicht kalt waren. Sie stellte die Teller mit den Broten und die Wasserflasche ab und ging langsam zur Matratze. Auch sie legte Natalie die Hand auf die Stirn, aber sie wandte sich nicht sofort ab, sondern schien nachzudenken.

„Sie wird nicht sterben", sagte sie schließlich, und es klang beruhigend. „Aber wir werden etwas tun, damit sie wieder gesund wird." Dann verschwand sie. Jannik presste sein Ohr an die Tür und hörte, wie die Frau telefonierte. Doch so sehr er sich bemühte, er verstand nicht, worum es ging.

Viel später wurde es wieder laut, Jannik hörte die Schritte und die Stimme des Mannes. Dann ging die Tür wieder auf. Die Frau stellte eine braune Flasche auf den Tisch. „Du musst ihr dreimal am Tag so einen Messbecher davon geben, am Morgen, am Mittag und am Abend. Schaffst Du das?" Jannik nickte. Er kannte die Flasche, es war das selbe Medikament, das ihm seine Mutter gab, wenn er krank war. Es war merkwürdig, aber diese kleine, braune Flasche war wie ein Stück von zuhause. Die Frau hatte auch einen Stapel mit Kleidung mitgebracht. „Sie ist ja ganz durchgeschwitzt vom Fieber", sagte die Frau. „Für Dich ist auch was dabei. Du könntest auch mal was Frisches anziehen." Jannik nickte wieder stumm. Nach einem letzten, langen Blick auf das Mädchen in der Ecke ging die Entführerin mit der Clownsmaske.

Jannik füllte sorgsam den Messbecher mit dem dickflüssigen Saft und weckte Natalie mit einem leichten Rütteln an der Schulter. Sie öffnete die Augen und sah ihn an. Langsam hob er ihren Kopf und setzte den Becher an ihre Lippen. Sie trank zögernd, aber sie trank. Dann ließ sie ihren Kopf wieder auf die Matratze sinken.

Am nächsten Morgen, als das erste Licht des Tages in den Keller drang, saß Jannik wieder an Natalies Lager und flößte ihr den Sirup ein. Mit großen Augen sah sie ihn an und zum ersten Mal seit Tagen gelang ihr ein Lächeln. Ein dünnes, schwaches Lächeln, aber ein Lächeln. So ging es die nächsten zwei, drei Tage. Jannik sorgte dafür, dass Natalie ihren Saft nahm, und sie wurde Tag um Tag stärker, und mit ihrer Kraft kehrte auch Janniks Lebensmut und Hoffnung zurück. Als er eines Abends wieder neben ihr saß und ihr den Becher an die Lippen führte, sah sie ihn lange an und sagte dann: „Danke."

Der Unfall

Der Ermittler lag noch lange wach in dieser Nacht. Martens' Geschichte beschäftigte ihn. MacLean hatte nie Kinder gehabt und konnte nur ahnen, was es bedeutete, ein Kind zu verlieren. Wahrscheinlich war die Energie, die Martens in den Karnevalsverein investierte, auch ein Stück Trauerarbeit. Er wollte das Erbe seines Sohnes fortführen, so komisch das klang.

MacLean dachte auch lange über die Entführer nach und wunderte sich über die neue Forderung. Zwei Kinder sollten doppelt so viel wert sein wie eins. Das klang mathematisch sehr einleuchtend, passte aber nicht zum Profil einer typischen Entführung. Sie hätten schon für Natalie 150.000 verlangen können, eher sogar noch viel mehr. Es wirkte so, als sei ihnen die Idee mit der Verdopplung der Summe erst nach der Entführung von Jannik gekommen. Ganz sicher war, dass sie den Druck erhöhen wollten, indem sie den Jungen verschwinden ließen. MacLean zweifelte immer noch, dass es in erster Linie um das Geld ging. Wahrscheinlich war es nur ein Nebeneffekt, und wenn die Gier einmal geweckt war, gab es selten Grenzen.

Im Hinterkopf machte sich bei MacLean noch ein anderer Gedanke bemerkbar, der aber erst sehr langsam Gestalt annahm. Unterstützt durch ein Glas zehn Jahre alten Laphroaig wurde er deutlicher und deutlicher. Er kreiste um den Unfall von Carsten Martens und um die Entführung. Was, wenn es einen Zusammenhang gab zwischen beiden Ereignissen, fragte sich MacLean. Was, wenn all das kein Zufall war? Erst ein weiteres Glas des medizinisch-trockenen Whiskys ließ MacLean in den Schlaf finden.

Die Irrfahrt

Martens war es tatsächlich gelungen, die 150.000 Euro zu besorgen. Das Geld vom Vereinskonto und das seines Sohnes hatte er in kleinen Bündeln auf dem Couchtisch gestapelt. Dem Bankangestellten hatte er eine etwas abenteuerliche Geschichte von einem Haus erzählt, das er für den Karnevalsverein kaufen wolle und bar bezahlen müsse. Dazu würde er dem Verein ein privates Darlehen geben, weil der Verein nicht genug habe. Der Angestellte hatte die Stirn gerunzelt, aber das Geld von beiden Konten ausgezahlt. MacLean und Martens zählten nacheinander die Stapel durch und verstauten die Päckchen, nachdem sie sich überzeugt hatten, dass die Summe stimmte, in der Sporttasche, die sie schon für den ersten Übergabeversuch benutzt hatten.

Nun saßen die beiden Männer vor Martens' Computer und warteten. Der Karnevalspräsident war sichtlich nervös. Alle paar Minuten aktualisierte er sein E-Mail-Postfach, um ja nichts zu versäumen. MacLean war ruhiger, blätterte in der HNA und trank den Kaffee, den Elisabeth Martens wieder treusorgend zubereitet hatte. Aus den Minuten wurden Stunden, sie aßen und redeten, sie sprachen über Carsten, über die Familie und über den Karneval. Es war schon dunkel, als endlich etwas geschah.

„Da!", stieß Martens plötzlich aus und las dann vor: „Handynummer von Martens schicken! Harlekin." „Mailen Sie die Nummer", forderte MacLean ihn auf. Dann dauerte es nicht mehr lange, bis Martens' Telefon piepte. „Eine SMS", sagte der und tippte auf dem Gerät herum, dann las er: „Geld einpacken. Richtung Borken fahren." „Wir nehmen mein Auto!", entschied MacLean.

Kurze Zeit später waren sie am Kreisel zwischen dem Fritzlarer Krankenhaus - dem Hospital zum Heiligen Geist - und dem Domstadt-Center genannten Einkaufszentrum angekommen. MacLean war froh, dass eine Mutter mit Kinderwagen am Zebrastreifen wartete. So konnte er unauffällig halten, um in aller Ruhe im Rückspiegel die nachfolgenden Autos zu studieren. Er sah nichts Verdächtiges, ein dunkler Golf oder Passat war jedenfalls nicht dabei.

MacLean lenkte den Wagen über die Ederbrücke in Richtung des zweiten Kreisels am Ortsausgang, in dessen Mitte ein Brunnen sprudelte, wenn das Wasser nicht, wie jetzt, eingefroren war und eine pittoreske Skulptur bildete. Links neben der Straße erstreckte sich ein lang gezogener Zaun, der den Flugplatz begrenzte.
Kurz bevor sie auf Höhe der neuen Hubschrauberhallen waren, piepte Martens' Telefon wieder. „Ungedanken", sagte Martens, und als MacLean zögerte, fügte er hinzu: „Hier rechts ab, Richtung Bad Wildungen." Von der Bundesstraße aus, sahen sie die Silhouette der Stadt Fritzlar rechterhand liegen, die trotz der Dunkelheit gut zu erkennen war. Der beleuchtete Dom, die evangelische Minoritenkirche und die Türme der alten Stadtmauer. Hätte er Zeit gehabt, wäre er an den Straßenrand gefahren und hätte sich das Bild eine Zeit lang betrachtet, überlegte MacLean, als das Handy schon wieder piepte. „Büraberg, 12. Station", las Martens vor. „Was?", fragte MacLean. „Der Büraberg liegt über dem Dorf, dort steht eine alte Kapelle", erläuterte Martens. „Aber was für Stationen?", fragte MacLean. Martens wusste es auch nicht.

Martens dirigierte MacLean durch das Dorf, eine Straße entlang, die sich langsam den steilen Berg hinauf quälte und irgendwann durch Wald und Feld führte. Nach kurzer Strecke, tauchte unter den Bäumen im Licht der Auto-Scheinwerfer eine etwas klobige Kirche auf: die Kapelle St. Brigida, eine der ältesten Kirchen weit und breit. Vor dem Tor zum Friedhof stoppte MacLean den Wagen, schaltete das Licht aus und wartete. Er sah sich um, dann zog er die Waffe, bevor er ausstieg. Martens blieb mit der Geldtasche im Auto, sein Handy hatte keinen Ton mehr von sich gegeben.

Langsam schlich MacLean auf die Friedhofsmauer zu, öffnete das Tor und bewegte sich weiter in Richtung Kirche. Geduckt ging er einmal herum, testete, ob die Eingangstür des alten Gemäuers verschlossen war, was der Fall war, und richtete sich dann langsam auf. In der unmittelbaren Nähe waren die Entführer jedenfalls nicht, allerdings war es gut möglich, dass sie irgendwo im Gebüsch oder im Wald saßen und die Szene beobachteten. MacLean gab Martens mit seiner Taschenlampe ein Zeichen, woraufhin dieser die Autoscheinwerfer aufleuchten ließ und ausstieg.

Durch die Autolichter war jetzt alles besser zu erkennen. MacLean blickte sich um. Ein Weg, der von der anderen Seite des Berges hinauf führte, war mit kleinen Häuschen gesäumt, die eine Art Fenster hatten, das vergittert war: ein Kreuzweg, der die Geschichte des Leidensweges Christi erzählte. Jetzt war auch klar, was die Entführer mit Stationen gemeint hatten. 14 dieser Häuschen gab es, das letzte stand kurz vor dem Eingang der Kirche. Martens war bei MacLean angekommen, jetzt steuerten sie gemeinsam das zwölfte Haus an.

Hinter dem Gitter war der gekreuzigte Jesus zu sehen, zu seinen Füßen kniete eine Frau. Maria, seine Mutter, ein Mann und ein Soldat standen bei ihr. „Jesus stirbt am Kreuze", lautete der in den Stein eingelassene Text. „Und nun?", fragte Martens, doch der Detektiv rüttelte schon am Gitter, das sich allerdings nicht öffnen ließ. Dann sah er im Schein der Taschenlampe, dass zwischen den Steinen ein Papier klemmte. MacLean zog den Briefumschlag heraus und öffnete ihn langsam: „Heute, 22 Uhr, Pferdemarktplatz – Geld abstellen, abfahren, keine Tricks! Harlekin." Martens kratzte sich am Kopf und sah auf die Uhr: „22 Uhr, das ist noch eine halbe Stunde hin. Und wieso jagen die uns erst hier hoch?" „Ganz klar, sie wollten uns ihre Macht zeigen. Und jetzt schnell, wir müssen los."

Die Verfolgung

Viel Zeit blieb ihnen nicht mehr, jedenfalls nicht, um noch ein zweites Auto zu holen. Das wäre auch zu riskant gewesen. Es würde nicht gelingen, MacLean während oder nach der Übergabe auf dem Platz abzusetzen, dazu war er viel zu gut einsehbar. Also musste der Detektiv einen anderen Weg finden. Martens saß jetzt am Steuer und lenkte den Wagen zurück in Richtung Fritzlar. „Langsam", flüsterte MacLean, und Martens nahm Geschwindigkeit weg, als sie den Kreisel hinter sich gelassen hatten. MacLean sah sich um, außer einem Bus und einem Lastwagen war kein Fahrzeug hinter ihnen. Martens steuerte eine Bushaltestelle an, und der Detektiv stieg aus. Er schaute sich um, nur der Bus und der Laster, sonst nichts. Sicherheitshalber blieb er noch einige Minuten an der Haltestelle stehen und beobachtete jedes Auto, das vorbei fuhr. Einige VW waren darunter, aber das hatte nichts zu bedeuten.

Irgendwann war er sicher, dass ihn niemand beobachtete und schlug den Weg an der Eder entlang ein. Nach zehn Minuten erreichte er die kleine Spickebrücke, die die Eder von dieser Seite aus Richtung Stadt überquerte und einen Fußgängerzugang zum Pferdemarktplatz bildete. Wenn der Rummel aufgebaut war, drängelten sich hier Menschenmassen, doch jetzt – in der winterlichen Nacht – war es still und einsam.

Bevor er den ersten Schritt auf die Holzbrücke tat, sah er sich mehrmals um, um ganz sicherzugehen. Wahrscheinlich würden die Entführer den Ort der Geldübergabe beobachten. MacLean merkte, dass ihm die Knie schmerzten, als er sich – zum zweiten Mal innerhalb einer Stunde – in gebückter Haltung durch die Gegend schlich. Aber nur so konnte er einigermaßen unbemerkt über diese Brücke gelangen, falls tatsächlich ein Beobachter in der Nähe war. Wenn sie ihn sahen, könnte die zweite Übergabe erneut platzen und das, so glaubte der Detektiv, würde die Verbrecher weiter verärgern. Er würde versuchen, zu beobachten, wie sie das Geld abholten, möglichst, ohne sie zu stören. Wahrscheinlich würden sie ebenfalls mit einem Auto kommen, und genau das war das Problem. Denn so würde MacLean sie nicht verfolgen können. Selbst, wenn er ein Auto hier gehabt hätte, wäre es sinnlos gewesen, es zur Verfolgung zu benutzen. Es wäre zweifellos aufgefallen, wenn an diesem einsamen Platz urplötzlich ein Wagen aufgetaucht wäre.

Endlich hatte er die andere Seite der Eder erreicht, als sein Blick auf ein Geschenk Gottes fiel: Ein Fahrrad lehnte locker an einem Straßenschild, und es war nicht einmal mit einem Schloss gesichert. Das war seine einzige Chance, dachte MacLean und sah sich das Gestell an. Rostig war es, und die Farbe war an vielen Stellen längst abgeblättert. Die Handbremse hing durch und war offenbar nicht mehr zu gebrauchen, aber immerhin schien noch genügend Luft auf den Reifen zu sein. MacLean ließ den Drahtesel, wo er war und schlich sich näher an den Platz heran. Hinter einem Baum suchte er ein Versteck und wartete. Die Armbanduhr zeigte 21.56 Uhr. Langsam ließ der Ermittler den Blick rund um den Platz schweifen. An jedem dunklen Busch, an jedem Baum versuchte er zu erkennen, ob sich dort etwas bewegte, ob dort jemand war. Der Wind, der kalt und schneidend durch die Blätter strich, machte das nicht leichter. Dann hörte er aus der Ferne ein Auto: Martens war pünktlich.

Alles lief wie besprochen. MacLean sah sein eigenes Auto heran rollen. In der Mitte des Platzes wurde die Tür geöffnet, Martens spähte in die Dunkelheit, hob langsam die Tasche heraus und stellte sie auf dem Boden ab. Dann zog er die Tür zu, wendete und war kurze Zeit später wieder in Dunkelheit verschwunden. Der Detektiv, der in der Kälte hinter seinem Baum kauerte, fragte sich, wie lange er wohl warten müsste. Er hatte nun wirklich keine Lust, stundenlang bei Minusgraden auszuharren. Doch es dauerte nicht lange.

Zuerst dachte MacLean, er hätte sich verhört, als er wieder ein Motorengeräusch vernahm. Es kam nicht aus Richtung Stadt, sondern von dort, wo ein Weg Richtung Schwimmbad und Schützenhaus führte. Das Geräusch wurde lauter, und dann sah MacLean etwas heran rollen: ein unbeleuchtetes Motorrad. Der Fahrer steuerte auf die Mitte des Platzes zu und versuchte, die Tasche aus der Fahrt heraus zu greifen. Das misslang jedoch, er kam ins Straucheln und wäre beinahe gestürzt. MacLean hatte fast laut aufgelacht, riss sich aber zusammen. Der Unbekannte drehte eine Runde, stoppte erneut, stieg ab und nahm die Tasche an sich. Er öffnete den Reißverschluss und zog einige Geldbündel heraus, um sie zu kontrollieren.

Zwei Gedanken schossen MacLean durch den Kopf: Erstens hatte der Motorradfahrer ihn nicht bemerkt, sonst wäre er so schnell wie möglich weg gefahren oder hätte die Übergabe platzen lassen. Und zweitens war das kein Profi, denn auch dann hätte er es eilig gehabt und sich nicht an Ort und Stelle die Geldscheine angesehen. Als der Motor wieder gestartet wurde, lief MacLean gebückt zu dem Fahrrad an der Brücke. Der Motorradfahrer würde ihn nicht hören, wenn die Maschine lief. Jetzt blendete der Scheinwerfer auf. Das Motorrad rollte los, und MacLean hatte das Rad erreicht. Der Drahtesel ächzte und quietschte, als der Detektiv, der gerne ein paar Kilo leichter gewesen wäre, aufstieg. Er trat in die Pedale und, tatsächlich: Das Rad bewegte sich.

Das Motorrad war auf der Straße angelangt und hatte einen guten Vorsprung vor dem Fahrrad. Die Straße führte zu Füßen der Altstadt an der Grundschule vorbei in Richtung Ederbrücke. In einiger Entfernung sah MacLean die Rückleuchte des Motorrades und hörte den Motor heulen. Er strampelte, was das Zeug hielt, doch es war schwer mitzuhalten. Bald war der Entführer in der Spiralkurve verschwunden, die aufwärts bis zur Ederbrücke führte. MacLean keuchte. Auf der Straße oben waren offenbar mehrere Fahrzeuge unterwegs, es gelang MacLean nicht, die Motorengeräusche auseinander zu halten. Er zweifelte, ob er den Fahrer jemals wiedersehen würde. Jetzt hatte er fast die steile Kurve erreicht und nahm noch einmal Schwung, um die Steigung zu schaffen. Als er aus dem Augenwinkel unter der Brücke, unter der er durchfuhr, am Straßenrand etwas Dunkles bemerkte, war es schon zu spät. Mit einem Ruck wurde MacLean vom Rad gerissen und stürzte hart auf den Boden. Sein Arm schmerzte. Als er aufblickte, sah er einen Motorradhelm über sich. „Raushalten, habe ich gesagt!", tönte eine männliche Stimme aus dem Helm, dann schlug der Lederhandschuh zu.

Das blaue Auge

Das Piepen hämmerte in seinem Kopf. Tiit, tiit, tiit. Woher kamen diese Schmerzen und wieso piepten sie? Ein ordentlicher Kater von einem langen Whiskyabend fühlte sich definitiv anders an. Und wieso war es so kalt? Jede Bewegung tat MacLean weh. Irgendwann hatte er sein Telefon in der Jackentasche ertastet und es sich ans Ohr gehalten. „Ja?" Es war Martens: „MacLean, Mensch, wo stecken Sie?" Das fragte er sich auch. Der Detektiv versuchte, die Augen zu öffnen. Es gelang ihm nur rechts, das linke Lid wollte nicht. MacLean sah in der Morgendämmerung über sich die Unterseite der Brücke und neben sich ein rostiges Fahrrad mit abgeblätterter Farbe. Dann fiel ihm wieder ein, wie er hierher gekommen war, der Entführer, das Motorrad, der Faustschlag. Kurze Zeit später kam Martens mit MacLeans altem Opel und holte ihn ab.

„Kleine Schlägerei gehabt?" Der Arzt in der Notaufnahme des Krankenhauses war ein wenig ironisch, wahrscheinlich dachte er, MacLean wäre bei einer Kirmes mit anderen Trinkern aneinander geraten. Der Detektiv versuchte zu lächeln. Noch mehr als das blaue Auge schmerzte ihn aber der Ärger darüber, dass er dem Mann – immerhin das wusste er jetzt – so dumm in die Falle gegangen war. Entweder hatte der ihn in seinem Versteck am Pferdemarktplatz doch entdeckt oder er hatte MacLean auf seinem Fahrrad im Rückspiegel gesehen. Jedenfalls war das Geld weg, und er war mit seinen Ermittlungen nicht weiter gekommen.

Es war einer dieser Abende, an denen MacLean den Spiegel im Badezimmer am liebsten von der Wand genommen hätte. Das lag nicht nur daran, dass er zum ersten Mal das Veilchen am linken Auge in seiner vollen Schönheit sah, die blaue Färbung spielte an einigen Stellen ins Rote, an anderen ins Grüne. Vor allem aber sah MacLean einen Detektiv, der seit Wochen versuchte, ein entführtes Kind zu retten und stattdessen dafür gesorgt hatte, dass nun zwei Kinder in Gefangenschaft saßen.

Die Sache mit dem Geld war MacLeans große Hoffnung gewesen, die Hoffnung auf Spuren. Nun würde sich mit Fauth weiter durch die

Keller der Altstadt arbeiten, und nun würde er weiter die Namenslisten von Martens Stück für Stück durcharbeiten. Und die Geschichte von Martens' Sohn Carsten ließ ihm auch keine Ruhe.

Hoffnung im Verlies

Jannik war mitten in der Nacht hochgeschreckt, weil die Stimmen plötzlich wieder draußen vor der Tür zu hören waren. Als Natalie ebenfalls aufwachte, legte Jannik den Finger warnend an den Mund und schlich zur Tür. Er presste seinen Kopf an das Holz und versuchte, zu verstehen, was sie sagten. Das war nicht schwer, denn die männliche Stimme war so laut wie nie zuvor, und sie klang sehr fröhlich. „Wir haben das Geld, wir haben das Geld", jubelte er, „Mallorca, wir kommen. Und der blöde Engländer hat auch noch einen abgekriegt."

Jannik spürte die Freude in seinem ganzen Körper wie Wärme emporsteigen. Ihre Eltern hatten bezahlt. Das konnte doch nur heißen, dass sie bald freikommen würden. Sie würden nicht mehr lange in diesem Keller leben müssen, in dieser Kälte bei Suppe, Brot, Milch, aufgewärmtem Essen und bei einem Krümel Schokolade täglich, den sie sich vom Weihnachtsmann aufgespart hatten. Er schlich langsam wieder zurück zu der Matratze, auf der Natalie lag und aufmerksam in seine Richtung sah, griff sich seine Wolldecke und kuschelte sich an sie. Er nahm das zitternde Mädchen fest in den Arm, so wie seine Mutter es tat, wenn er traurig war, und flüsterte ihr zu: „Wir kommen bald hier raus." Sie sah ihn fragend an, doch Jannik nickte fröhlich und sagte: „Bald sind wir raus. Sie haben für uns bezahlt." Jetzt strahlte auch das Mädchen. Dann war sie in Janniks Armen eingeschlafen und schlief so gut wie noch nie, seit sie verschleppt worden war.

Am nächsten Tag waren beide früh wach. Sie konnten ihre Freude kaum kontrollieren, lachten und plauderten fröhlich. Natalie erzählte von dem Pferd auf der Weide in Haddamar, das sie nun bald wieder besuchen und mit Heu und Gras füttern würde. Wenn sie ganz brav war, hob die Bauersfrau sie manchmal auf den Rücken des Tieres und hielt sie fest, während das Pferd langsam ein paar Schritte machte. „Jetzt werde ich richtig reiten lernen", sagte Natalie und sah sich schon über die Felder jagen.

Er werde gleich mit dem neuen Fußball losziehen, der bestimmt von Weihnachten noch für ihn bereit lag, malte sich Jannik aus. Er würde den Ball unter den Arm klemmen und die Treppe zur Stadtkirche empor klettern, wo ein kleines Rasenstück war. Dort hatte er schon ein paarmal gegen die Mauern geschossen und versucht, den Ball in der Luft zu halten. So gut wie Dennis aus seiner Klasse konnte er das noch lange nicht, aber da oben sah ihn auch keiner, wenn er übte. Wenn er jetzt wieder frei war, würde er jeden Tag dort hoch gehen, es war ja von zuhause aus nur ein Katzensprung. Jeden Tag würde er den Ball kicken und in der Luft halten, bis er viel besser als Dennis und alle anderen war. Und dann würde er den Ball mit zur Ursulinenschule nehmen und den anderen in der Pause zeigen, was er konnte. Und bestimmt würde er irgendwann von einem Talentscout entdeckt und spätestens in ein paar Jahren für Borussia Dortmund stürmen. Natalie hörte ihm genau zu und lächelte fröhlich, als Jannik seine Geschichte erzählte, obwohl sie mit Borussia Dortmund nicht viel anfangen konnte.

Als der Riegel der Holztür zurück geschoben wurde, wuchs die Vorfreude. Die beiden Kinder waren sich sicher, dass sie nun in die Freiheit gehen dürften. Doch dann erschien wieder nur die Hand und reichte zwei Gläser Milch und zwei Teller in den Raum, darauf je zwei Marmeladenbrote. Jannik fasste sich ein Herz: „Heute müssen wir doch freikommen. Das Geld ist doch da!", rief er, als die Tür wieder zugezogen wurde. Die Bewegung stoppte, dann ging die Tür wieder einen Spalt auf, und die Stimme der Frau antwortete durch den Spalt: „Das mit dem Geld hast Du wohl heute Nacht gehört, wie? Ja, stimmt, das Geld ist da. Aber wir wollen noch etwas anderes. Und bevor wir das nicht haben, kommt ihr auch nicht frei." „Aber was wollt Ihr denn?", rief Natalie jetzt mit spitzer Stimme, doch es war zu spät. Die Tür wurde zugeschlagen und verriegelt, dann entfernten sich Schritte.

Natalie brach in Tränen aus und warf sich auf die Matratze. Jannik lief zur Tür und trommelte mit den Fäusten dagegen, ohne irgendeine Antwort von draußen zu erhalten. Dann gab er den Tellern und den Gläsern einen Tritt. Die Marmeladenbrote flogen durch den Keller, die

Milch lief über den steinernen Boden. Kurze Zeit später bereute er das schon, denn nur die Aussicht auf die bevorstehende Freiheit hatte den Hunger der Kinder überdeckt. Mühsam kratzten sie den Dreck von den Broten und aßen sie trotzdem. Die Milch war hingegen nicht zu retten. Erst mit der Suppe zum Mittag gab es wieder etwas Wasser, um den Durst zu stillen.

Die Lagebesprechung

MacLean hatte Martens und die Eltern von Jannik und Natalie zur Besprechung in sein Büro gebeten. Monika Lenzen traf als Erste ein. Sie erschrak, als sie den Detektiv mit seinem blauen Auge sah. „Sie Armer!", sagte sie und nahm MacLean spontan in den Arm. Für eine spontane Reaktion hielt sie ihn etwas zu lange an sich gedrückt. „Vielleicht sollte ich mich häufiger schlagen lassen", murmelte der Ermittler mehr zu sich selbst als zu ihr. „Wie bitte?" „Ach, schon gut."

Martens hatte Monika Lenzen und den Hambachers schon grob am Telefon erzählt, was passiert war. Nun berichtete der Detektiv noch einmal detailliert von der Fahrt zum Büraberg, von der Geldübergabe auf dem Pferdemarktplatz und davon, wie der Tag für ihn im wahrsten Sinne des Wortes mit einem Schlag endete.

Hambachers hielten sich an den Händen, offenbar hatten sie die kleine Krise, die durch ihr Geständnis der Geschichte mit Joe entstanden war, längst überwunden. Man sah ihnen an, dass sie eine schwere Zeit durchmachten. Der etwas dickliche Mann wirkte längst nicht mehr so gepflegt wie an dem Tag, als MacLean ihn zum ersten Mal gesehen hatte. Er trug einen Pullover, der an den Ärmeln etwas abgewetzt war, und seine Haare waren leicht zerzaust. Auch Sonja Hambachers dunkle, kurze Haare sahen verändert aus: weniger gepflegt, fast ein wenig fettig. Die Sorge um Natalie hatte sich in ihre Gesichter gegraben. MacLean hatte es immer für ein Klischee gehalten, dass Menschen in kurzer Zeit um Jahre alterten.

„Aber das ist doch gut, wenn die jetzt das Geld haben, oder?", wollte

Natalies Mutter wissen. MacLean nickte: „Ja, das ist es." „Dann kommen sie bald frei?" Über das Gesicht von Sonja Hambacher strich ein feines Lächeln. MacLean sah keinen Sinn darin, ihnen etwas vorzumachen. „Ich fürchte, noch nicht. Die Entführer haben zwei Forderungen aufgestellt und ich bin mir sicher, dass ihnen die zweite mindestens genauso wichtig ist. Vor dem Ende des Karnevals werden Sie die beiden wahrscheinlich nicht wiedersehen." Als er seine Frau in Tränen ausbrechen sah, wurde Vater Hambacher wütend. „Malen Sie doch den Teufel nicht an die Wand", beschimpfte er den Detektiv, doch der entgegnete kühl: „Ich wollte Ihnen jedenfalls keine falschen Hoffnungen machen."

Einen Gedanken, der ihn stärker bedrückte, behielt er lieber für sich. Niemand konnte sicher sein, dass die Kinder überhaupt wieder lebendig auftauchen würden. Durch die lange Gefangenschaft wuchs für die Entführer die Gefahr, dass die Kinder irgendetwas über sie erfuhren und sei es nur, dass sie sich an die Stimmen erinnerten. Das Geld hatten sie nun. Wenn auch der Karneval ausgefallen war, waren die Kinder für die Verbrecher nicht mehr wichtig. Wenn sie wirklich so kaltblütig waren, wie es sich MacLean seit der Attacke des Motorradfahrers wenigstens vorstellen konnte, war auch nicht ausgeschlossen, dass sie Natalie und Jannik etwas antun würden.

Die Hambachers hatten sich wieder gefangen, als Monika Lenzen das Wort übernahm. „Wie werden sie weiter vorgehen?", fragte sie. MacLean sagte, er glaube immer noch, mit seiner Kellersuche auf der richtigen Spur zu sein, darauf deute jedenfalls der Steinwurf hin. Außerdem müsse er sich alle wichtigen Mitglieder des Karnevalsvereins vornehmen, um herauszufinden, ob sie Feinde hatten.

Ein schwieriges Gespräch

MacLean wusste, dass es ein schwieriges, ein kompliziertes Gespräch werden würde, eines voller Tränen. Am liebsten hätte er es noch ein paar Tage vor sich hergeschoben, doch so lange Jannik und Natalie in Gefangenschaft waren, galt es, keine Zeit zu verlieren. MacLean hatte sich mit Martens und seiner Frau verabredet. So saß er am Nachmittag auf dem breiten Sessel, der selbstverständlich aus dem selben Leder gefertigt war wie das Sofa, auf dem Karl-Heinz Martens schon Platz genommen hatte. Seine Frau Elisabeth goss dem Detektiv und ihrem Mann Kaffee aus einer Porzellankanne ein. Unter dem Ausguss der Kanne war eines dieser Schaumstoffröllchen befestigt, damit auch ja kein Tropfen auf die weiße Tischdecke fiel.

Elisabeth Martens kam mit einer Torte herein, die offensichtlich mit vielen Himbeeren und noch mehr Sahne fabriziert worden war. „Nur eine Kleinigkeit", behauptete sie und lud das erste Stück auf den Tortenheber. „Darf ich es Ihnen umwerfen?", fragte sie und MacLean nickte lächelnd. Diesen Satz hatte er seit seiner Kindheit nicht mehr gehört.

Der Detektiv begann zögernd. „Wie Sie wissen, bemühe ich mich, das Motiv für die Entführung zu finden. Deswegen muss ich mit allen wichtigen Menschen im Fritzlarer Karneval sprechen und so viel wie möglich über ihr Leben, ihr Umfeld und ihre Vergangenheit erfahren. Das gilt natürlich ganz besonders für Sie, immerhin haben die Entführer mit Ihnen Kontakt aufgenommen." Martens nickte. „Die Geschichte Ihres Sohns Carsten hat mich beschäftigt. Ich weiß, es wird nicht leicht für Sie werden, aber ich muss mehr darüber erfahren, möglichst alles." Schon jetzt fiel es MacLean schwer, Elisabeth Martens in die Augen zu sehen, denn als der Name Carsten fiel, verdunkelte sich ihr Blick. Martens schien zu schlucken, dann sagte er mit leiser, gebrochener Stimme: „Einverstanden. Was wollen Sie wissen?" „Erzählen Sie mir alles, was Sie über den Abend des Unfalls wissen. Und alles, was danach geschah."

Der Todestag

Martens nahm einen Schluck Kaffee, dann holte er tief Luft und begann zu erzählen: „Es war ein schöner Tag, die Sonne schien. Wir waren alle bester Laune, denn mit so einem guten Abitur hatten wir nicht gerechnet, obwohl wir wussten, dass es ordentlich werden würde. Auch Carsten war gut drauf." Elisabeth Martens fiel plötzlich in die Erzählung ihres Mannes ein: „Er hatte doch diese neue Jeans und ein Hemd. Die Sachen hatte er sich extra für diesen Abend aufgehoben. Ich glaube, er wollte irgendein Mädchen beeindrucken." Ihr Mann übernahm wieder: „Natürlich würden sie am Silbersee Alkohol trinken, das war uns klar. Sie hatten ja Geld gesammelt für Bier und was weiß ich noch. Aber wir hatten dem Jungen immer eingeschärft, nicht zu fahren, wenn er getrunken hat. Und er sollte auch nicht mit jemanden fahren, der betrunken war." Martens schnäuzte sich die Nase. „Am frühen Abend fuhr dieser Michael Freytag mit seinem kleinen Fiat vor und holte Carsten ab." MacLean notierte sich den Namen. „Das war ein netter Junge, nette Eltern, alles. Elisabeth und ich, wir saßen noch lange auf unserer Terrasse. Wir grillten und stießen auf unseren Jungen an. Das hatten wir uns ja immer gewünscht, dass er studieren würde, und mit diesem Abi standen die Chancen gut, den Jura-Studienplatz zu bekommen, den er gerne haben wollte.

Mitten in der Nacht wachten wir beide vom Klingeln der Haustür auf. ‚Carsten wird den Schlüssel vergessen haben‘, sagte meine Frau noch. Doch vor der Tür stand kein Carsten, dort standen zwei Polizisten, ein Mann und eine Frau – das weiß ich noch. Es war wie in einem schlechten Film. ‚Sind Sie der Vater von Carsten Martens?‘, fragten sie. Meine Frau stand plötzlich hinter mir, sie hatte die fremden Stimmen gehört. Dann sagte die Polizistin: ‚Es tut uns leid, wir haben eine schlechte Nachricht für Sie.‘ Sie nannte es eine schlechte Nachricht." Martens musste sich wieder schnäuzen, bevor er weitersprechen konnte: „Es war mehr als eine schlechte Nachricht. Die Welt blieb einfach stehen, als sie aussprach, dass er tot war, und ich wünschte mir in diesem Moment, sie würde sich nie mehr weiterdrehen." Elisabeth Martens vergrub ihren Kopf weinend im Arm ihres Mannes. „Lassen Sie sich Zeit", murmelte MacLean. Dieses Gespräch war genauso traurig, wie er es befürchtet hatte.

„Carstens Beerdigung und auch die seines Freundes Andreas waren die traurigsten Tage, die man sich vorstellen kann. Die drei Überlebenden lagen noch im Krankenhaus, sie konnten nicht einmal Abschied nehmen von ihren Freunden. Die Eltern von Michael, der gefahren war, ließen sich nicht blicken. Wahrscheinlich hatten sie Angst vor unseren Vorwürfen, dabei hätte ich ihnen doch keinen Vorwurf gemacht. Ich versuche immer mal wieder, mir vorzustellen, wie ich mich fühlen würde, wenn Carsten am Steuer gesessen hätte. Ich glaube, es gelingt mir nicht so ganz."

MacLean nahm einen Schluck Kaffee und unterbrach Martens. „Lassen Sie uns eine kurze Pause machen." Wenn der Detektiv Raucher gewesen wäre, wäre jetzt der richtige Moment für eine Zigarette gewesen. So ging er einfach raus auf die Terrasse und atmete die kalte Luft tief ein. Es war schwer, diese ganze Traurigkeit zu ertragen, fand er. Wie schwer musste es dann erst sein, sie unmittelbar zu spüren?

„Was hat der Prozess ergeben?" Martens sammelte sich kurz, bevor er weitersprach: „Naja, es muss wohl so gewesen sein: Michael hatte versprochen, nichts zu trinken, doch dann soll er plötzlich gesagt haben, er wollte doch gerne ein Bier. Jedenfalls einigten sich Carsten, Michael und Andreas darauf, auszulosen, wer fährt. Sie zogen Hölzchen. Es wurde nie ganz geklärt, wer welches Hölzchen zog, weil die beiden anderen, Jan und Tom, nicht dabei waren, sondern erst später davon hörten. Jan glaubte, Carsten sei es gewesen; Tom meinte, es müsste Andreas gewesen sein. Als sie nun losfahren wollten, waren alle fünf betrunken." Martens musste wieder eine Pause machen. „Statt sich ein Taxi zu rufen, haben sie wieder Hölzchen gezogen." Jetzt versagte ihm fast die Stimme: „Michael Freytag hat verloren, aber verloren haben sie doch alle. Wir alle."

MacLean wartete, bis sich Martens räusperte und damit signalisierte, dass er weitersprechen wollte. „Und von diesem Michael haben Sie nie wieder gehört?" „Nicht persönlich. Jans Vater hat mir erzählt, dass er vor kurzer Zeit freigekommen sein muss. Seine Eltern hatten es in Fritzlar nicht mehr ausgehalten, sie hatten böse Briefe bekommen und wurden bedroht. Dabei haben sie doch irgendwie auch ihren Sohn verloren."

„Ich werde mit allen Beteiligten sprechen müssen", sagte MacLean schließlich. „Ich fürchte, es lässt sich nicht vermeiden. Vielleicht gelingt es mir auch, Michael Freytag ausfindig zu machen." Der Ermittler ließ sich von Martens die Namen diktieren: Manfred und Ulla Schreiner, die Eltern des verstorbenen Andreas Schreiner; Jan Jochem, Tom Strapmann und der Unfallfahrer Michael Freytag.

Schottische Gedanken

MacLean saß in seiner Wohnung in dem weichen Sessel mit dem schottischen Lindsay-Tartan. Jeder schottische Clan hatte mehrere dieser Muster, die die Deutschen meistens schlicht als Schottenkaros bezeichnete, was natürlich Unsinn war. Der Detektiv hatte eine CD der schottischen Popgruppe Travis aufgelegt und vor sich ein Glas Bruichladdich 3D stehen – er fühlte sich gerade sehr schottisch.

In seinem Kopf kreiste es, was aber nicht am hervorragenden Whisky lag. Vielmehr versuchte er, Ordnung in den Fall zu bekommen. Hatte er noch vor ein paar Wochen völlig im Dunkeln gestochert und verzweifelt nach jeder Spur gesucht, so wurde er nun von Hinweisen und dunklen Geschichten geradezu überschwemmt.

Da war die Spur mit den Kellern, der er mit Fauth nachging. Immer noch waren einige Häuser auf dem großen Stadtplan übrig, in denen sie noch nicht gewesen waren. MacLean glaubte nach wie vor an diese Idee und daran, dass ihre Suche in den Gewölben die Entführer so nervös gemacht hatte, dass sie den Stein durch sein Schaufenster geschleudert hatten. Diese Aktion bestätigte auch seine Einschätzung, es nicht mit Berufsverbrechern zu tun zu haben. Die Steingeschichte war nämlich extrem riskant gewesen; kein Profi hätte es riskiert, bei so etwas gesehen oder gar erwischt zu werden.

Das galt auch für den Faustschlag, den MacLean hatte einstecken müssen. Ein Profi hätte gesehen, dass er mit dem Geld im Gepäck so schnell wie möglich Land gewinnt, statt sich der Gefahr einer Begegnung auszusetzen. Offenbar hatte die Wut den Mann überwältigt. Das war in höchstem Maße unprofessionell, und für die Kinder bedeutete es Gefahr, wenn der Entführer leicht reizbar und unkontrolliert war.

Und dann war da noch die Trauer von Elisabeth und Karl-Heinz Martens, die Geschichte zweier Todesfälle, die zwar gerichtlich aufgearbeitet, aber noch längst nicht beendet war. MacLean musste sich entscheiden, welche Spur er intensiv verfolgen musste. Die Arbeit wuchs ihm über den Kopf. Draußen hatte ein leichter Schneeschauer eingesetzt, die Flocken leuchteten im gelblichen Licht der historischen Straßenlaternen und Travis sangen: „Why does it always rain on me?"

Verzweiflung

Am nächsten Morgen lag Nebel über der Stadt, das Fachwerk des ehemaligen Hotels gegenüber verschwamm wie hinter einer Milchglasscheibe. Mit mehr Kraft als nötig stieß Martin Hambacher die Tür zu MacLeans Laden auf, seine Frau schlüpfte hinter ihm fast lautlos in den Laden. Der Detektiv sah sofort, dass Natalies Vater wütend war. MacLeans „Guten Morgen!" erwiderte er nur mit einem Kopfnicken und stieß einen Satz hervor, von dem der Detektiv nur „müssen reden" verstand. Er bat die beiden mit einer Handbewegung an den Schreibtisch.

Hambacher ließ sich krachend in den Stuhl fallen, seine Frau Sonja hatte immer noch kein Wort gesagt, sie schien fast nicht anwesend zu sein. MacLean erkannte beide Verhaltensmuster als typisch für Trauernde. Als er noch Polizist in Schottland war, hatte er ein paarmal Todesnachrichten überbringen müssen, und auch da das gesehen, was er hier sah: Rückzug und Stille einerseits, Aggression und Wut andererseits.

MacLean begann das Gespräch wie ein Verkäufer: „Wie kann ich Ihnen helfen?" Er wusste, Martin Hambacher würde sofort in die Offensive gehen, und so war es auch. „Das frage ich mich auch. Ob Sie uns überhaupt helfen können, frage ich mich. Was zum Teufel tun Sie eigentlich den ganzen Tag lang? Aus dem Fenster gucken, das habe ich neulich ja schon gesehen. Whisky verkaufen? Dafür bezahlen wir Sie nicht. Sie sollen unsere Tochter finden, Scheiße!" MacLean versuchte gar nicht erst, zu antworten, sondern wartete den Wortschwall ab. „Seit mehr als zwei Monaten ist unsere Tochter weg, und Sie haben nichts erreicht. Gar nichts! Stattdessen ist der kleine Jannik jetzt auch noch weg, Sie Anfänger. Vielleicht ist unsere Tochter längst tot, nur weil Sie so ein Versager sind!" MacLean blickte zu Sonja Hambacher, als ihr Mann das sagte und sah sie in Tränen ausbrechen.

„Wir gehen vielleich doch lieber zur Polizei", brachte sie unter Tränen hervor, „so kann es ja nicht weitergehen." Dann ergriff Martin Hambacher wieder das Wort und beschimpfte MacLean weiter. Der sah ihm direkt in die Augen und nickte immer mal wieder, so als wollte er sagen: Ich verstehe. Aber er sprach kein Wort. Irgendwann war Hambacher erschöpft, die Spannung wich aus seinem Körper und er sank in sich zusammen. Nun füllten Tränen auch seine Augen.

Während Hambacher tobte, hatte MacLean genug Zeit gehabt, sich seine Worte zurechtzulegen. „Sie haben vollkommen Recht, enttäuscht zu sein", begann er und sah in erstaunte Gesichter, genau wie er es erwartet hatte. „Ich bin mit dem Ergebnis meiner bisherigen Arbeit selbst nicht zufrieden. Es ist viel Zeit vergangen, und Natalie ist immer noch nicht zurück, stattdessen ist Jannik ebenfalls verschwunden. Ich verstehe ihren Ärger und, glauben Sie mir, ich liege oft wach und denke an die beiden Kinder. Ich bin Detektiv und muss versuchen, den Fall distanziert zu betrachten, aber ich leide trotzdem mit Ihnen und mit Ihren Kindern. Nur den Kopf darf ich nicht verlieren, das wäre das Schlimmste, was uns passieren könnte." Er machte eine Pause und sah die beiden an, doch sie schwiegen.

„Es ist Ihr gutes Recht, ab sofort auf meine Dienste zu verzichten und sich einen anderen Detektiv zu suchen. Sie können auch zur Polizei gehen, wenn Sie glauben, dort besser aufgehoben zu sein." MacLean machte wieder eine Pause. „Aber ein anderer Detektiv müsste sich wieder ganz neu in den Fall einarbeiten. Und die Polizei natürlich auch. Außerdem haben uns die Entführer im Auge, wie der Stein in meinem Laden zeigt. Sobald sie auch nur einen Polizisten in ihrer Nähe sehen, könnten sie ausrasten."

Es war Ruhe eingekehrt in MacLeans Detektei. Hambachers schienen seine Worte abzuwägen. „Eines möchte ich dennoch sagen. Auch wenn es auf Sie anders wirken mag, kann ich ihnen sagen, dass ich ziemlich viel Arbeit in den Fall gesteckt habe. Und wir haben ja durchaus ein paar Spuren, denken Sie nur an die Keller." Jetzt unterbrach Hambacher ihn wieder: „Aber gebracht hat das nichts." „Stimmt, aber ich glaube an die Kellertheorie. Außerdem verfolge ich zurzeit eine weitere Spur in Martens' Umfeld, über die ich aber noch nicht sagen kann. Ich weiß, das ist nicht viel." Hambacher nickte.

MacLeans Geschichte

Es war Martin Hambacher anzusehen, wie er um die Entscheidung über MacLean rang. Überzeugt war er nicht. „Was haben Sie überhaupt für eine Qualifikation?", fragte er plötzlich, „Ich meine, haben Sie das überhaupt gelernt? Detektiv?" MacLean seufzte innerlich, denn er breitete seinen Lebenslauf nicht gerne vor anderen Menschen aus; aber er hatte akzeptieren gelernt, dass auch das zu diesem Job gehörte. Obwohl er lieber einen Vortrag über die Vorzüge eine schönen Glases Whisky an einem nebligen Abend gehalten hätte, begann er, über sich selbst zu erzählen.

„Detektiv ist kein Beruf, für den es eine festgeschriebene Ausbildung gibt. Viele Detektive waren früher Polizisten, so ist es auch bei mir. Ich wurde in Zentralschottland geboren, das Städtchen heißt Linlithgow. Mein Vater ist Schotte, meine Mutter stammt aus Metze, also aus dieser Region. Sie lernten sich bei der britischen Armee in Osnabrück kennen. Nach der Scheidung meiner Eltern lebte ich ein paar Jahre hier in Deutschland, dann ein paar Jahre in Schottland bei meinem Vater.

Soldat, wie mein Vater, wollte ich nicht werden, also ging ich zur Polizei. Streifendienst in Edinburgh, verdeckte Ermittlungen in Glasgow – ich habe das ganze Programm durch." Martin Hambacher, der aufmerksam zugehört hatte, unterbrach ihn abrupt: „Aber lange durchgehalten haben Sie wohl nicht, häh?" Es war einer der Momente, wo MacLean das nordhessische Fragewort „häh" geradezu impertinent fand.

MacLean nahm einen Schluck aus dem Wasserglas, dann gab er sich einen sichtbaren Ruck, und gab ihnen die Antwort, die er bereits im Kopf vorformuliert hatte: „Nicht, dass Sie das wirklich etwas anginge, aber es waren persönliche Gründe, warum ich den Dienst quittiert habe. Die Tochter meiner Partnerin – ausgerechnet die Tochter eine Polizistin – starb an einer Überdosis Heroin. Für meine Kollegin war dies das Ende, sie hat sich umgebracht. Und für mich war es das Ende als Polizist. Ich hätte keinen Dealer mehr verhaften können, ohne das dringende Bedürfnis, ihn zusammenzuschlagen oder zu erschießen. Ich bin nicht gewalttätig, ganz bestimmt nicht, aber in dieser Zeit habe ich mich gefragt, ob ich mich im Ernstfall wirklich unter Kontrolle gehabt hätte." Dass er seine Kollegin geliebt hatte, erzählte MacLean den Hambachers nicht.

„Danach bin ich geflüchtet, geflüchtet vor der Großstadt, vor den Junkies und vor der Kriminalität." Und vor der Liebe, hätte er korrekterweise hinzufügen, müssen, behielt es aber für sich. „Ich bin auf die Insel Islay vor der schottischen Westküste gezogen und habe dort in den Whiskybrennereien gearbeitet. Ich war in der Produktion, aber ich habe auch Touristen, unter anderem viele deutsche, durch die Brennerei geführt. Nach ein paar Jahren musste ich feststellen, dass ich für das Leben auf einer kleinen Insel nicht gemacht bin. Es war mir zu still dort, vor allem die Winter sind lang da draußen im Atlantik.

Als ich das begriffen hatte, bekam ich traurige Nachrichten aus Deutschland: Meine Mutter war gestorben. Ich glaube, sie hatte mir nie erzählt, dass sie selbst dieses Haus auf dem Fritzlarer Marktplatz von einem Onkel geerbt hatte. Nun war es mein Erbe. Und ich versuche seitdem, meine beiden Berufe auf einen Nenner zu bekommen: Ich bin Whiskyverkäufer und Ermittler."

MacLean hatte die ganze Zeit vor sich auf den Schreibtisch geschaut, jetzt richtete er seinen Blick auf und glaubte, in den Augen von Sonja Hambacher Symphatie zu erkennen. Martin Hambacher nickte; kaum merklich, aber er nickte und rang sich schließlich ein paar dürre Worte ab: „Ich schätze, es bleibt uns nichts anderes übrig. Machen Sie weiter, aber wir wollen endlich mal ein paar Ergebnisse haben, wenn Sie wirklich so ein guter Polizist waren."

„Ich war Polizist. Dass ich ein guter Polizist war, habe ich nie gesagt", antwortete MacLean, aber zu seinem großen Glück nur in Gedanken. Wortlos standen Hambachers auf und steuerten auf die Tür zu. „Rufen Sie mich an, wenn Sie Fragen haben oder Hilfe brauchen. Tag und Nacht, rund um die Uhr", sagte MacLean noch und fand, dass er wie die Hotline eines Versandhauses klang.

Der Nervenzusammenbruch

Der Satz hallte nach. „Wir wollen endlich mal ein paar Ergebnisse haben, wenn Sie wirklich so ein guter Polizist waren." MacLean legte die CD des schottischen Sängers Justin Currie auf, die ihm ein Bekannter zu Weihnachten geschenkt hatte. Er trat vor seinen Laden in die Kälte und sah, wie vor dem Fenster seines Ladens zwei Jungen auf den Rand des Brunnens kletterten, durch das Gitter spähten und versuchten, in der Tiefe den Boden zu erkennen. War es nicht genau das, was er auch versuchte? Starrte er nicht auch in einen dunklen Schacht und bemühte sich, mit zusammen gekniffenen Augen den Grund zu finden?

Er konnte die Hambachers ja verstehen. Wäre es um sein eigenes Kind gegangen, hätte er wahrscheinlich längst nicht so viel Geduld gehabt wie die beiden. Was, wenn sie doch noch zur Polizei gingen? Er wäre nicht nur raus aus dem Fall, sondern er würde auch noch der Polizei erklären müssen, dass er über Wochen erfolglos nach Natalie und Jannik gesucht hatte statt die Kripo zu alarmieren. Und wenn die Entführer die Polizei bemerkten, könnte es wirklich gefährlich für die Kinder werden. MacLean hoffte, dass er Hambachers das klar gemacht hatte.

Als Justin Currie gerade „Out of My Control" sang, klingelte das Telefon. Martens klang atemlos, so wie an dem Tag, an dem Jannik verschwunden war. „Monika Lenzen", stammelte er. „Was ist mir ihr?" „Sie ist in Merxhausen." „Merxhausen?" „Ja, in der Psychiatrie. Sie hat es nicht mehr ausgehalten." MacLean sah sie vor sich, wie sie mit ihm an Weihnachten Whisky getrunken und geplaudert hatte. „MacLean? Sind Sie noch dran?" „Ja, bin ich. Kann man sie besuchen?" „Heute noch nicht, frühestens morgen, haben die Ärzte gesagt." „Scheiße." „Stimmt." Martens hatte grußlos aufgelegt.

Erst die Hambachers, denen die Geduld ausging; jetzt Monika Lenzen, die mit den Nerven wirklich am Ende war: Es war kein guter Tag. Den Kopf auf beide Hände gestützt saß er an seinem Schreibtisch und starrte auf ein Plakat an der Wand, das eine Whisky-Brennerei irgendwo in den Highlands zeigte, ohne das Bild wirklich zu sehen. Vielleicht sollte er einfach hinschmeißen und der Polizei die Arbeit überlassen. „No, surrender", sang Justin Currie. Ohne auf die Musik zu hören gab MacLean sich einen Ruck und stand auf. Er nahm seinen Mantel vom Haken und verließ den Laden. Er musste dringend weiterarbeiten.

Fremd in Fritzlar

Ein schneidender Wind wehte über den Marktplatz. MacLean sah die Fachwerkhäuser wie durch einen Schleier. Seine Gedanken waren bei den Hambachers, aber vor allem bei Monika Lenzen. Die Menschen hatten sich vor der Kälte geflüchtet. Aus dem Café leuchtete warmes Licht in den trüben Tag. MacLean sah, wie eine Kellnerin Kaffeekännchen auf einen Tisch stellte und beneidete das alte Ehepaar, das ihm dabei zusah, wie er die Straße entlang schlich.

Den Blumenhändler, der ihn mit einem Lächeln und einem angedeuteten Winken grüßte, übersah er. Die Straßen waren fast leer. Nur ein paar städtische Arbeiter sah er auf dem Gelände des Regionalmuseums, wie sie Müll aufsammelten. Sogar das Museum, bestehend aus zwei prächtigen alten Häusern, machte per Hinweisschild klar, dass heute keine Besucher willkommen waren. Die Sammlungen waren geschlossen. Es war, als wollte die alte Dom- und Kaiserstadt an diesem Tag keine Fremden bei sich haben.

Und so fremd wie heute hatte MacLean sich noch nie gefühlt, seit er seinen Laden in Fritzlar eröffnet hatte. In diesem Moment sehnte er sich zurück an einen Strand irgendwo auf Islay, wo ihm der Wind genau so scharf um die Ohren blies, wo er aber den Mann an der Tankstelle ebenso gut kannte wie den Pächter des Pubs um die Ecke.

Rechterhand erhob sich der mächtige Wehrturm, wegen der Steine, aus denen er gebaut war, schlicht Grauer Turm genannt, wie ein mahnender Zeigefinger gegen den grauen Himmel. MacLean beschloss, auf den Turm zu steigen. Irgendwie war er der Meinung, von oben würde er einen Überblick bekommen; nicht nur über die Stadt, sondern über den ganzen Fall. Doch der Turm war ebenfalls verriegelt. Fritzlar wollte ihn nicht.

Auf dem Friedhof

Die Autos Richtung Edersee rasten an der Straße jenseits des Friedhofs entlang. MacLean saß auf einer Bank und blickte immer wieder auf die beiden blank polierten Grabsteine, die sich sehr ähnelten. Auf beiden war das selbe Todesdatum vermerkt, das Todesdatum von zwei 18-jährigen Jungen: Carsten Martens und Andreas Schreiner. Der Detektiv hatte sich warm angezogen, aber nicht damit gerechnet, dass ihm die Kälte dennoch so stark zusetzen würde. MacLean hatte kurz überlegt, Andreas' Eltern einfach anzurufen. Doch er glaubte, hier vor diesen Gräbern würde es ihm leichter fallen, ein Gespräch zu beginnen.

Er rieb sich die klammen Finger, als er Schritte auf dem Schotterweg hörte. Als er sich umsah, kam eine Frau den Weg entlang. Sie ging gebückt und sah aus der Ferne älter aus als aus der Nähe. In der rechten Hand trug sie einen Strauß Schnittblumen, in der linken eine Handtasche. Ihre lockigen blonden Haare quollen unter einer beigefarbenen Strickmütze hervor. Sie nickte MacLean gedankenverloren und wortlos zu, als sie an ihm vorbei ging. Dann steuerte sie auf das Grab von Andreas Schreiner zu, nahm den alten Blumenstrauß aus der in die Erde eingelassenen Vase und steckte die neuen Blumen hinein. Nelken hatte MacLean noch nie gemocht. Ulla Schreiner zupfte ein Bonbonpapier aus der Hecke, die das Grab umfasste und senkte den Kopf, so als betete sie.

Als sie sich nach – wie es MacLean schien – unendlichen Minuten umdrehte, um zu gehen, räusperte er sich leise und sagte so sanft es ihm möglich war: „Entschuldigung, Sie müssen Frau Schreiner sein, Andreas' Mutter." Sie sah auf, nickte vorsichtig und fragte: „Und Sie? Wer sind Sie?" Er stellte sich als Privatdetektiv vor und erzählte, er habe mit Martens über den Unfall gesprochen, und es hätten sich für ihn einige Unklarheiten ergeben.

Die blonde Frau runzelte die Stirn. „Wollen wir das nicht ruhen lassen? Wir sind müde, mein Mann und ich." „Das verstehe ich, aber für Herrn Martens ist es sehr wichtig. Wenn Sie mir nicht glauben, können Sie ihn gerne anrufen", fing MacLean an. Doch das war nicht nötig, Ulla Schreiner setzte sich neben MacLean auf die Bank und sah ihn aufmerksam an.

Er ließ sie erzählen und hörte eine Geschichte, die genauso traurig war wie die der Martens'. Andreas war in der Schule nicht so gut gewesen wie Carsten Martens, dafür aber fröhlich und beliebt. „Freunde hatte er immer und überall", sagte seine Mutter und fügte mit einem Lächeln hinzu: „Und Freundinnen auch. Noch heute grüßen mich in der Stadt viele junge Frauen." Andreas war ein Läufer gewesen, der beim Triathlon und bei Langstreckenläufen vorne mitgemischt hatte. Auch die Figur sei die eines Läufers gewesen, groß und schmal, sagte die Mutter. Getrunken habe er natürlich auch schon mal, wenn es eine Party gab – und es gab viele im Leben des Andreas Schreiner.

Von dem verhängnisvollen Abend konnte sie nicht viel anderes erzählen als Martens. Andreas war ebenfalls von Michael Freytag abgeholt worden. Auch sie berichtete vom nächtlichen Besuch der Polizei, von ihrer sprachlosen Trauer und der ohnmächtigen Wut, die die Nachricht bei ihrem Mann Manfred ausgelöst hatte. Er hatte mit der bloßen Hand ein Saftglas zerdrückt, das er in der Hand gehalten hatte. Auch sie wusste über den Abend am Silbersee nur das, was im Prozess gesagt worden war. Von den Hölzchen, die gezogen wurden, und davon, dass Michael schließlich fuhr. „Seine letzte Fahrt", sagte sie, und es klang nicht sarkastisch, sondern zutiefst verbittert.

„Was wissen Sie von Michael?" „Seine Eltern sind ja weggezogen, nach Karlsruhe, soweit ich weiß. Und er soll angeblich wieder frei sein." „Haben Sie ihn nach dem Unfall noch einmal gesehen?" „Nein, und ich glaube, das ist auch besser so. Ich wüsste nicht, was ich tun würde. Er hat mir meinen Sohn weggenommen." Zum ersten Mal in diesem Gespräch rollte eine Träne über ihr Gesicht. „Und die anderen beiden? Jan und Tom?" „Jan ruft öfter mal an und fragt nach, wie es uns geht, eigentlich fast jede Woche. Es kommt mir vor, als fühle er sich für uns irgendwie verantwortlich. Tom sehe ich dann und wann in der Stadt; keine Ahnung, ob der noch hier wohnt." Sie zeigte auf den Grabstein: „Einmal im Jahr, am Todestag, treffen wir uns hier auf dieser Bank." Jetzt weinte sie. MacLean schüttelte Ulla Schreiner wortlos die Hand und ging.

Der Überlebende

Tom Strapmann hatte nach dem Unfall lange im Krankenhaus gelegen. Er saß MacLean im Eiscafé am Marktplatz gegenüber und rührte und rührte in seinem Milchkaffee, gerade so, als wolle er die Erinnerung an diesen Tag mit dem Kaffeelöffel einfach unterrühren. „Keiner von uns ist mehr derselbe, auch nicht wir, die wir überlebt haben", sagte er fast ein wenig wütend. „Wir hatten das Abi in der Tasche, uns stand die Welt offen, so erlebten wir es jedenfalls. Ich saß oft mit Carsten und Michael zusammen und wir schmiedeten Pläne, ein bisschen verrückt, aber es machte Spaß. Wir wollten eine Firma gründen, gemeinsam reich werden. Ich war immer schon der Bastler und Tüftler, ich sollte irgend etwas erfinden. Carsten hätte die Verträge ausgearbeitet, er wollte ja Jura studieren, und sich um die Buchhaltung und den ganzen Kram gekümmert. Michael wollte Marketing machen."

Strapmann fuhr sich immer wieder mit der Hand durch sein kurzes, braunes Haar; dann nestelte er an den Knöpfen seines Holzfällerhemdes herum. „Maschinenbau habe ich nie studiert. Nach dem Krankenhaus und der Reha habe ich lange gebraucht, bis ich mich überhaupt wieder längere Zeit am Stück konzentrieren konnte. Dann bin ich zur Bundeswehr. Ich habe zwar nie etwas erfunden, aber schrauben kann ich da unten auch. Ich bin in der luftfahrzeugtechnischen Abteilung. Wir sorgen dafür, dass die Kameraden nicht abstürzen, jedenfalls nicht aus technischen Gründen." MacLean hatte das Gefühl, als sehe es dieser junge Mann als seine Mission an, zu verhindern, dass irgendjemand ein ähnliches Schicksal erleidet wie Carsten und Andreas. Wahrscheinlich, stellte sich der Detektiv vor, arbeitete er doppelt und dreifach so gründlich wie seine Kameraden und überprüfte jede Schraube, jedes Ventil und was es da noch so gab noch zweimal häufiger als notwendig.

MacLean stürzte den Espresso in einem Zug hinunter und bat Tom: „Bitte erzählen Sie mir vom Tag des Unfalls." Strapmann begann erneut, in seiner Kaffeetasse zu rühren, dann legte er den Löffel vorsichtig auf die Untertasse, lehnte sich zurück und schloss kurz die Augen. Als MacLean schon dachte, Tom werde kein Wort mehr sagen, begann er: „Michael holte mich ab an diesem Tag. Es war sonnig, das weiß ich noch. Am Silbersee war schon viel los, der ganze Jahrgang war ja gekommen. Wir grillten, und ein paar von uns badeten sogar. Irgendwann sah ich, dass Michael eine Bierflasche am Hals hatte. ‚Du sollst doch fahren', sagte ich, doch er erzählte von der Sache mit den Hölzchen. Andreas müsse fahren, hat er – glaube ich – gesagt. Vielleicht hat er aber auch Carsten gesagt, ich weiß es nicht mehr sicher. Darüber zermartere ich mir den Kopf, seit Jahren schon." Er nahm hastig einen Schluck Kaffee und verschluckte sich daran.

Als er ausgehustet hatte, erzählte er weiter: „Es war schon spät, als wir los wollten. Ich hatte die anderen aus den Augen verloren, weil ich mit Kerstin am anderen Ufer gelegen hatte. Sie war meine erste Freundin, wissen Sie. Als ich die anderen suchte, waren alle vier ziemlich breit. ‚Dann muss wieder gelost werden!', brüllte Jan, dem ich von der Sache mit den Hölzchen erzählt hatte. Jan hielt die Streichhölzer in der Hand und reichte sie rum. Ich wollte eigentlich keins ziehen, doch er ließ das nicht zu. Mann, war ich froh, dass es nicht das kurze war. So stiegen wir in das Auto, blöd wie wir waren. Wenn wir nicht alle getrunken hätten, wäre es vielleicht nicht passiert. Jeder von uns hätte es verhindern können." Tom Strapmann bedeckte seine Augen mit der flachen Hand.

„Michael hatte das kurze Holz gezogen und setzte sich ans Steuer. Sofort merkte ich, dass er zu schnell unterwegs war. Ich glaube, er wurde sogar noch geblitzt. Ich fühlte mich plötzlich nüchtern und redete von hinten noch auf ihn ein, langsamer zu fahren. Doch es half nichts. Er lachte mich aus und gab Gas, immer mehr Gas. Ich erinnere mich noch daran, dass ich die erleuchtete Homberger Hohenburg in der Ferne sah, als ich merkte, dass der Wagen nach rechts ausbrach.

Dann wurde es dunkel." Tom musste wieder eine Pause einlegen.

„Eigentlich ist es immer noch dunkel. Hell ist es seit diesem Tag nicht mehr geworden. Carsten und Andreas hatten keine Chance, weil sie auf der rechten Wagenseite saßen; Carsten vorne und Andreas hinten. Wir haben nur überlebt, weil wir zufällig links oder – wie Jan – in der Mitte saßen. Hätten Sie gedacht, wie wichtig es sein kann, welchen Platz man sich aussucht?" Er lachte, und es klang hohl. Als MacLean den Kopf schüttelte, sagte Strapmann: „Ich bis damals auch nicht."

„Haben Sie von Michael jemals wieder etwas gehört?" Tom nickte. „Ich habe ihn sogar ein paarmal im Gefängnis besucht, vor allem in den ersten Jahren. Er saß in Schwalmstadt, ist aber vor ein paar Monaten freigekommen." „Wann waren Sie das letzte Mal da?" „Das ist jetzt auch schon zwei Jahre her. Wissen Sie, ich hatte damals das Gefühl, eigentlich hätten wir alle im Gefängnis sitzen müssen; oder keiner. Diese Scheiß-Loserei. Wahrscheinlich wäre jeder von uns gefahren, wenn er das kurze Hölzchen gezogen hätte. Wir sind alle schuldig geworden."

MacLean hakte nach: „Warum sind Sie in den letzten Jahren nicht mehr bei Michael im Knast gewesen?" „In den ersten Jahren war ihm anzumerken, wie er sich mit der Schuld quälte, wie er bereute und sogar überlegte, ob er mit den Eltern von Carsten und Andreas Kontakt aufzunehmen und irgendwie um Verzeihung zu bitten. Doch dann wurde er immer bitterer, er veränderte sich. Irgendwann behauptete er sogar, wir hätten ihn mit Absicht da rein geritten" „Wie kam er denn darauf?" „Genau weiß ich es nicht, aber er erzählte plötzlich, Jan sei an allem schuld, Jan Jochem, der dritte Überlebende." „Aber warum?" „Ich habe keine Ahnung, er hat sich da in etwas rein gesteigert. Jan müsste im Knast sitzen, Jan müsste büßen, er war wie vernagelt. Und das ganz plötzlich." „Und dann haben Sie ihn nicht mehr besucht?" „Doch, ich war noch ein paarmal da, aber irgendwann fing er dann an zu behaupten, ich wäre auch beteiligt, ich hätte ihn genauso verraten. Dann hat es mir gereicht mit seinen Verschwörungstheorien. Wahrscheinlich war das sein Ausweg, um mit der Schuld irgendwie fertig zu werden." „Haben Sie seit seiner Freilassung von ihm gehört?" „Na ja, an Neujahr klingelte kurz nach Mitternacht mein Handy. Ich glaube, es war Michaels Stimme. Er sagte: ‚Wir werden uns bald wiedersehen. Verlass dich drauf.‘ Dann wurde aufgelegt.“

MacLean nahm noch einen zweiten Espresso und betrachtete den jungen Mann vor sich. Er hatte geahnt, dass diese Unfallgeschichte komplizierter war, als er gedacht hatte, aber nicht, dass sie so verwickelt war. Ein ganzes Bündel menschlicher Dramen hatte an diesem Tag begonnen, als zwei Leben gewaltsam beendet worden waren. MacLean musste diesen Michael Freytag sprechen. „Haben Sie eine Ahnung, wo ich ihn finden kann?“ Strapmann schüttelte den Kopf.

Schuldgefühle

Jan Jochem war umso leichter zu finden, er stand im Telefonbuch. MacLean hatte ihn zu sich in das Geschäft eingeladen. Und er hatte Fauth gebeten, dann da zu sein, um mit ihm ein längeres vermeintliches Verkaufsgespräch zu führen. MacLean wollte Jan eine Weile beobachten, bevor er mit ihm sprach. So stand er mit Fauth am Stehtisch, als der junge Mann hereinkam. „Herr Jochem? Ich bin gleich bei Ihnen“, sagte MacLean und sprach mit Fauth weiter, während er Jan aus den Augenwinkeln beobachtete.

Er trug eine abgeschabte Jeans, zerlatschte Turnschuhe und eine schmuddelige Outdoor-Jacke, unter der ein brauner, gerippter Pullover zu erkennen war. Langsam strich er an den Regalen mit den Whiskyflaschen entlang, ohne jedoch wirklich zu sehen, was dort lag – so schien es MacLean jedenfalls. Immer wieder schaute er verstohlen zu Fauth und dem Detektiv, in seinem Blick lag etwas Gehetztes. Schließlich ließ Fauth sich verabredungsgemäß eine Flasche Cardhu einpacken, zahlte und ging.

MacLean bat Jan Jochem an den Tisch in der Detektivbüro-Ecke des Ladens und goss für sie beide je ein Glas Wasser ein. Während der Detektiv sich in seinem Bürostuhl zurücklehnte, saß Jan angespannt auf der Sitzkante seines Stuhls und hielt sich an seiner Jacke fest. „Sie können gerne ablegen", sagte MacLean, „wir werden ein paar Minuten brauchen." „Nein, danke." In diesem Moment hätte MacLean gewettet, dass dieser Mann etwas zu verbergen hatte, und zwar um eine Flasche 29 Jahre alten Port Ellen. Und die war unter 250 Euro kaum zu kriegen.

„Es geht, wie ich Ihnen ja schon am Telefon gesagt habe, um den Unfall", begann MacLean. Jan Jochem stieg eine Spur Röte ins Gesicht, er wurde zornig: „Die Geschichte ist für mich beendet. Ich habe zwei Freunde verloren, mein Leben ist zerstört. Es gab einen Prozess, Ende, aus, vorbei!" Jochem verschränkte die Arme vor der Brust und lehnte sich zurück. MacLean versuchte es weiter mit Gelassenheit: „Das verstehe ich gut, glauben Sie mir. Ich habe lange mit den Eltern von Carsten gesprochen und mit der Mutter von Andreas, und auch mit Tom Strapmann. Vielleicht erzählen Sie mir nochmal, wie alles ablief..." Doch Jochem war nicht so leicht zu beruhigen: „Dann wissen Sie ja schon alles. Was wollen Sie denn noch? Ich kann seit dem Unfall nicht mehr richtig arbeiten. Eigentlich wollte ich studieren, aber danach habe ich nicht mal eine Ausbildung in der Kreisverwaltung geschafft. Mein Leben ist im Arsch, ich kriege Hartz IV, verdammt! Und jetzt kommen Sie und rühren alles wieder auf."

Mit der sanften Nummer kam der Detektiv nicht weiter: „Michael Freytag ist wieder frei, und er behauptet, sie hätten Schuld am Unfall und Sie müssten im Knast sitzen." Jegliche Spur von Röte wich aus Jochems Gesicht, er war jetzt kreidebleich und sagte kein Wort. Offenbar hatte er nicht damit gerechnet, dass MacLean etwas von den Vorwürfen wusste. Er saß blass und stumm auf seinem Stuhl. „Was kann er damit meinen?", hakte MacLean nach, doch jetzt schüttelte Jochem den Kopf, erst kaum merklich, dann immer stärker. „Ich habe keine Ahnung", behauptete er. „Vielleicht erzählen Sie mir dann doch, wie Sie den Tag des Unfalls erlebt haben. Schließlich müssen wir irgendwie weiterkommen." MacLean schaute demonstrativ auf seine Armbanduhr.

Nun begann er langsam, teils stockend, zu erzählen. Er war von seinen Eltern an den See gebracht worden, hatte aber verabredet, dass er mit Michael nach Hause fahren würde. Irgendwann im Laufe des

Abends hatte er von Tom Strapmann die Geschichte mit den Hölzchen gehört. „Was hätte ich tun sollen? Meine Eltern anrufen?", fragte er MacLean, ohne eine Antwort zu erwarten. Er hatte beobachtet, wie Tom Arm in Arm mit der schönen Kerstin irgendwo verschwunden war. Er selbst hatte sich mit Schulkameraden unterhalten und reichlich Bier getrunken. „Ich dachte ja, es steht fest, wer fährt." „Wer denn?", hakte MacLean ein. „Keine Ahnung, weiß ich nicht." „Aber haben Sie nicht im Prozess ausgesagt, Carsten wäre als Fahrer ausgelost worden. „Ich glaube nicht, ich war ja gar nicht dabei, als sie zum ersten Mal gelost haben. Ich war ja am Lagerfeuer." MacLean machte sich eine Notiz, was Jan Jochem nervös zu machen schien. Er schwieg plötzlich wieder.

„Wie ging es weiter?", schob der Detektiv das Gespräch an. „Naja, irgendwann wollten wir nach Hause, aber jetzt waren alle ziemlich dicht. Also haben wir wieder gelost." „Und Michael hat verloren?" „Genau, ihm gehörte ja auch das Auto." MacLean machte sich wieder eine Notiz. „Was schreiben Sie denn da die ganze Zeit auf, verdammt noch mal?" Jochem wurde wieder zornig. „Gedächtnisstütze, ich vergesse ja viel", murmelte MacLean und versuchte zu lächeln. „Wie ging es weiter?" „Das wissen Sie doch. Wir sind gegen den Scheißbaum gefahren, und ich bin im Krankenhaus in Homberg wieder aufgewacht."

Doch MacLean wollte etwas über die Zeit danach erfahren. Warum hatte Jochem im Prozess ausgesagt, am Anfang hätte Carsten das kurze Streichholz gezogen? „Weiß nicht, hatte ich mir irgendwie eingebildet." Vor allem musste MacLean nochmal auf Freytag zurückkommen, denn Jochem tat immer noch so, als wisse er nicht, warum der ihm die Schuld zuwies. MacLean ging erneut in die Offensive. „Sie haben erzählt, dass spät in der Nacht noch einmal Hölzchen gezogen wurden." Jochem nickte. „Aber war es nicht vielmehr so, dass Sie das vorgeschlagen hatten? War es nicht so, dass Sie und nur Sie die Hölzchen in der Hand hielten?" Jochem sackte förmlich in sich zusammen und nickte. „Ja, das stimmt, aber wir waren ja alle besoffen." Jetzt hatte er ihn, dachte der Detektiv und setzte nach: „Sie hätten also die Möglichkeit gehabt, zu tricksen. Dann hätte Freytag recht mit seinen Vorwürfen." Jochem nickte: „Die Möglichkeit hätte ich gehabt." „Und, haben Sie es getan, haben Sie das Ding irgendwie gedreht?" Jochem schüttelte den Kopf, doch überzeugend fand MacLean das nicht. „Wissen Sie, ich werde Freytag finden, und wenn Sie möchten, rolle ich den ganzen Prozess neu auf, dann sitzen Sie aber auf der Anklagebank." MacLean fragte sich, ob Jochem ihm das abkaufen würde. Er tat es. Der Mann mit der schmuddeligen Jacke und dem Ripp-Pullover ließ den Kopf noch weiter sinken, jetzt blickte er fast unter sich. Ganz langsam hob und senkte er den Kopf.

Als er aufsah, bemerkte MacLean, dass ihm Tränen über das Gesicht liefen. „Ja, ich war es." MacLean hatte ihn im Netz. Kurze Fragen stellen, nicht lange unterbrechen, schoss es ihm durch den Kopf. „Wie?", fragte er. „Ich hatte vier gleich lange Streichhölzer in der einen und das kurze in der anderen Hand. Ich habe erst Tom, Carsten und Andreas ziehen lassen, dann habe ich eins für mich genommen und Michael das kurze mit der linken Hand gegeben. Hat keiner gemerkt, die waren ja alle besoffen."

„Aber warum der Taschenspielertrick?" Jochem zögerte, bevor er antwortete: „Ich hatte einfach genug. Michael hier, Michael da. Der Super-Basketballer, der Sonnyboy, der, der jede Woche eine neue Freundin hatte. Und dann auch noch Nadine." „Nadine? Erzählen Sie mir von ihr." Jochem erzählte von Nadine, seiner ersten großen Liebe. Mit ihr hatte er immerhin schon einmal Händchen gehalten und sie ein-, zweimal geküsst. „Eigentlich waren wir zusammen. Und dann kam Michael, der tolle Michael und ging mit ihr Eis essen." „Schlimm?" „Das noch nicht, aber am Silbersee erzählte er mir dann, dass er mit ihr geschlafen hätte. Heute weiß ich, dass das nicht stimmt. Da war gar nichts. Nichts."

MacLean dachte nach. „Okay, Sie wollten sich an ihm rächen. Aber wieso sind Sie selbst mit ins Auto gestiegen?" „Ich war einfach wütend und wollte ihn irgendwie bescheißen, und wenn es auch nur bei diesem doofen Spiel war. Ich habe das nicht zu Ende gedacht, ich wollte ihn ja nicht töten und Carsten und Andreas schon gar nicht. Und mich auch nicht, obwohl das vielleicht besser gewesen wäre." „Sie sind einfach mit eingestiegen." „Ich war viel zu betrunken, um mir über die Folgen klar zu sein; so wie wir alle." Unablässig bahnten sich Tränen ihren Weg über Jochems Gesicht. Noch ein Opfer dieses Unfalls. - Martens hatte Recht gehabt, sie alle hatten verloren.

„Und jetzt hat Freytag Sie angerufen?" Jochem schreckte hoch: „Das wissen Sie auch?" Michael Freytag hatte sich tatsächlich gemeldet. Er hatte von dem Trick mit den Streichhölzern erfahren. „Was wollte er von Ihnen?", fragte MacLean. „Geld, 50.000 Euro. Wenn ich ihm das geben würde, würde er mich vielleicht nicht vor Gericht bringen. Das Wort ‚vielleicht' hat er betont. Bevor ich fragen konnte, woher ich so viel Geld nehmen soll, hatte er aufgelegt. Er will sich wieder melden. Meinen Sie, ich bin in Gefahr?" „Könnte sein. Wichtig ist die Frage, woher er von der Sache wusste. Wem haben Sie davon erzählt?" „Nur Nadine. Wir waren nach dem Unfall noch ein paar Monate zusammen, dann ging es nicht mehr. Ich war ihr zu aggressiv, und wahrscheinlich stimmte das auch. Der Unfall hat mich kaputt gemacht. Glauben Sie mir, ich habe meine Strafe bekommen." „Darum geht es mir nicht, ich will Freytag finden. Kann es sein, dass Ihre Ex-Nadine ihm erzählt hat, was los war." „Möglich, ich glaube, sie hat ihn mal besucht."

MacLean versuchte, die verworrene Geschichte in seinem Kopf klar zu kriegen. Hier gab es einen Mann, der Jahre lang im Gefängnis gesessen hatte und nun wusste, dass er nur schuldig wurde, weil ihn Jan Jochem betrogen hatte. Das wäre ein starkes Motiv für eine Erpressung, vielleicht sogar für eine Entführung. Aber Jochem hatte rein gar nichts mit dem Karneval zu tun. „Sind Sie irgendwie mit Frau Lenzen oder der Familie Hambacher verwandt?" Jochem hob den Kopf und sah MacLean an: „Verwandt nicht, aber Natalie Hambacher ist meine Patentochter. Ich bin mit Martin seit Jahren befreundet, wir haben mal zusammen Fußball gespielt." Jetzt stutzte er: „Aber was haben die Hambachers mit dem Unfall zu tun?" MacLean überlegte kurz, ihm von der Entführung zu erzählen, von der Jochem anscheinend bisher nichts wusste. Doch er entschied sich anders. Je weniger Menschen im Bilde waren, desto besser für Natalie und Jannik. Also sagte der Detektiv: „Wahrscheinlich gar nichts, aber ich hatte da so eine Idee. Es tut wohl nichts zur Sache." In MacLeans Kopf dagegen begann ein Puzzlespiel. Der Unfallfahrer Freytag hätte tatsächlich ein Motiv, die Patentochter von Jochem zu entführen, aber warum wusste dieser dann von der Entführung gar nichts?

Er musste wenigstens noch nach Martens fragen, überlegte MacLean: „Was könnte Freytag gegen Karl-Heinz Martens haben, den
Vater von Carsten?" Jan Jochem dachte nach und sagte dann: „Eigentlich nichts. Vielleicht dachte er, Carsten hing mit drin, ich war
mit Carsten ja ganz gut befreundet. Aber Carsten hatte keine Ahnung.
Der alte Martens hat, glaube ich, nach dem Prozess Michaels Eltern
beschimpft. Aber sonst..."

MacLean musste auf jeden Fall noch einmal mit Martens sprechen
und möglichst mit dieser Nadine. Vielleicht hatte sie eine Ahnung,
wo Freytag jetzt steckte. „Wo finde ich Nadine?" „Die müsste immer
noch in Obermöllrich wohnen", sagte Jochem. „Darf ich jetzt gehen?"
„Bitte", sagte MacLean kühl, obwohl ihm der Junge leid tat. „Und sagen Sie mir bitte sofort Bescheid, wenn Freytag sich meldet."

Keine Fortschritte

So saß MacLean am Abend wieder auf dem Sofa der Familie Martens. „Vielleicht sollte ich mir hier gleich ein Bett einrichten", scherzte
er. Doch Martens wirkte angespannt: „Sie wollten nochmal mit uns
sprechen? Was ist denn los?" Doch dem Detektiv lag noch etwas auf
der Seele. „Ich wollte Monika Lenzen eigentlich schon besucht haben, aber ich hatte keine Zeit. Haben Sie etwas von ihr gehört?" „Sie
ist wieder zuhause. Es war ein echter Nervenzusamenbruch. Ich glaube, eine Freundin kümmert sich um sie. Sie braucht Ruhe und soll
sich nicht aufregen. Leicht gesagt, wenn das eigene Kind entführt
wurde." Martens Stimme klang vorwurfsvoll. „So, und warum sind
Sie jetzt hier?"

MacLean erzählte von seinen Gesprächen und wollte wissen, ob
Freytag sich auch bei den Martens' gemeldet hätte. Hatte er nicht. „Jan
Jochem hat mir erzählt, dass Sie nach dem Prozess Michaels Eltern
beschimpft haben?" Martens wurde etwas kleinlaut. „Das ist wahr. Ich
hatte mich nicht richtig unter Kontrolle. Der Prozess war einfach zu

emotional. Ich glaube, ich rief ihnen nach, sie hätten ihren Sohn besser erziehen sollen. Die Mutter sah sich kurz zu mir um und ging dann weiter. Ihr Gesicht war voller Trauer. Ich habe es noch in diesem Moment bereut." „Vielleicht hat Michael das mitbekommen." „Nein, er war ja sofort wieder inhaftiert worden." „Oder die Eltern haben es ihm erzählt." „Das ist natürlich möglich, aber ich habe noch am selben Tag bei Herrn Freytag angerufen und mich entschuldigt. Er hat die Entschuldigung angenommen." Elisabeth Martens, die ihrem Mann aufmerksam zugehört hatte, ergriff das Wort: „Genauso war es, ja, so war es."

„Könnte Michael etwas gegen den Karneval haben? Oder hat er mit irgendeinem Mitglied noch eine Rechnung offen?" „Ich bin sicher, der Unfall hat für ihn alles überlagert. Was kann es nach so einem Tag noch für andere offene Rechnungen geben? Und nein, ich glaube nicht, dass er jemals etwas mit dem Karneval zu tun hatte. Wahrscheinlich war ihm das alles egal."

Und dann kam der Satz, den MacLean gefürchtet hatte. „Und was machen Ihre sonstigen Ermittlungen?" Die korrekte Antwort hätte gelautet: „Nichts." Die Geschichte mit Carstens Unfall hatte so viel Zeit in Anspruch genommen, dass ihm kaum noch Zeit blieb, irgendetwas anderes zu tun. Immerhin hatte er mit dem Stadtarchivar noch vier oder fünf Keller abgeklappert, doch es waren immer noch einige übrig. Außerdem lag die Mitgliederliste der Domstadt-Narren nach wie vor auf seinem Schreibtisch.

MacLean war sie zwar schon ein paarmal durchgegangen, hatte Martens' Notizen gelesen und sich ein paar Ideen aufgeschrieben. Er wollte eine Prioritätenliste erstellen, wer möglicherweise verdächtig sein könnte und wen er sich zuerst vornehmen würde. Mit dieser Liste hatte er jedoch noch nicht einmal angefangen. Bis zum Rosenmontag war es nicht mehr lange. Die Zeit lief ihnen davon. Und danach würden die Entführer Fritzlar sicher weit hinter sich lassen. Und was es für Natalie und Jannik bedeuten könnte, wenn alle Forderungen erfüllt waren und sie für die Verbrecher praktisch wertlos waren, wollte MacLean sich lieber nicht vorstellen.

Gemeinsame Stärke

Es hatte Tage gedauert, bis sich Natalie und Jannik beruhigt hatten. Als Jannik den Mann von dem Lösegeld sprechen hörte, hatte er fest daran geglaubt, dass sie bald freikommen würden. Und Natalie hatte er mit seiner Vorfreude angesteckt. Umso größer war die Enttäuschung. Es war, als wären sie beide in ein tiefes, dunkles Loch gefallen, aus dem man das Tageslicht nicht einmal erahnen konnte. Tagelang hatten sie unter ihren Wolldecken gekauert und kaum etwas von dem gegessen, was die Entführer ihnen durch den Türspalt schoben. Manchmal waren die Teller noch voll, wenn sie wieder aus dem Gefängnis gezogen wurden.

Doch irgendwann erwachte Widerspruchsgeist in den Kindern. Zuerst fühlte Natalie, dass sie genug davon hatte, hier zu sitzen und zu warten, ob etwas passierte. „Wir müssen selbst etwas unternehmen", flüsterte sie Jannik zu, doch der reagierte achselzuckend: „Was denn schon? Was können wir denn schon tun?" Aber Natalie ließ sich nicht davon abbringen. Sie beschloss, dass sie beide jetzt wieder regelmäßig essen mussten, so viel wie möglich, damit sie zu Kräften kamen. Darauf ließ sich Jannik ein. Kein Teller ging mehr unberührt zurück. Die Kinder aßen alles, was sie bekamen.

Natalie fühlte eine neue Stärke in sich. Sie tat alles, was ihr einfiel, um Jannik Mut zu machen. An einem Tag, als Jannik schon am Morgen weinte und seine Tränen auf das harte Kopfkissen tropften, nahm sie ihn in den Arm und sagte, fast ein wenig feierlich: „Eins sage ich Dir: Die gewinnen nicht. Verstehst du? Es ist wie beim Fußball, wir müssen gewinnen." Tränenüberströmt nickte der Junge.

Zwei Tage später, als sich die Tür wieder rumpelnd öffnete, wartete Natalie schon und zog die beiden Teller und die Gläser mit der Milch sofort zu sich herüber. Dann brachte sie Jannik Suppe und Milch. Als sie fertig waren und sich satt fühlten, sagte Jannik: „Nein, die machen uns nicht kaputt."

Die unbequeme Nachbarin

MacLean hatte sie schon von weitem gesehen. Langsam war sie über den Marktplatz getrippelt, eines dieser Einkaufswägelchen in beige hinter sich und einen weißen Pudel an der Leine. Die Frau trug einen bunt geblümten Kittel. Der Detektiv erinnert sich. Frauen hatte diese Modelle schon angehabt, als er noch ein Kind war und bei seiner Mutter gelebt hatte. Um das graue Haar, das selbstverständlich zu einem Dutt gebunden war, hatte sie ein hellblaues Kopftuch gehüllt, das nicht so recht zu dem Kittel passen wollte. MacLean wunderte sich zunächst, dass sie mit ihrem Kittel nicht zu frieren schien, bis er sah, dass sie darunter eine grobe, dunkelblaue Strickjacke trug.

Als sie um die Ecke gebogen war, hatte sie den Blick über den Platz schweifen lassen, bis sie MacLeans Laden entdeckt hatte. Dann war sie zielstrebig auf ihn zugesteuert, wenngleich sehr langsam. Sie setzte immer ein paar Schritte, dann blieb sie stehen, um Luft zu holen, und schließlich ging es weiter. Nach einer kleinen Ewigkeit war sie angekommen und machte sich daran, die wenigen Stufen zum Laden zu erklimmen. MacLean wusste, dass er ihr hätte helfen sollen. Stattdessen tat er so, als hätte er sie nicht gesehen und vertiefte sich in ein Buch über Malt Whisky von Michael Jackson, der nichts mit dem verstorbenen Popstar gemeinsam hatte; außer, dass er ebenfalls nicht mehr am Leben war.

Dann hielt er ihr immerhin doch die Tür auf und sah in ein faltiges Gesicht, aus dem ihn zwei hellwache Augen anblickten. „Sind Sie der Detektiv?" Die Alte sprach einen starken nordhessischen Dialekt. MacLean nickte und sagte: „Kommen Sie doch herein." Sie zog so lange an der Leine, bis auch der Pudel im Laden war. MacLean schob ihr einen Stuhl am Schreibtisch zurecht und setzte sich selbst. Einen neuen Fall konnte er zurzeit eigentlich nicht gebrauchen, dachte er.

Die Alte hielt sich nicht mit langen Vorreden auf. „Bei meinen Nachbarn ist was faul", erklärte sie im Brustton der Überzeugung. Der Detektiv streckte ihr über den Tisch die Hand entgegen: „Mein Name ist MacLean, Ralf MacLean." Sie war irritiert, doch dann verstand sie: „Gertrud Schleiermacher." Sie schüttelte seine Hand. „Also, bei meinen Nachbarn ist was faul. Das stimmt was mit dem Kind nicht." MacLean unterbrach sie erneut: „Sind Sie sicher, dass Sie sich nicht lieber an das Jugendamt wenden sollten? Oder an die Polizei?" Sie schüttelte den Kopf: „Polizei? Da gehe ich mich nicht mehr hin, die glauben mir immer nicht." MacLean fluchte innerlich. Wahrscheinlich war diese Frau Schleiermacher eine jener Damen, die ständig Verrat und Verbrechen witterten und damit die Polizei belästigten. Im schlimmsten Fall Verfolgungswahn.

Aber er konnte sie ja nicht einfach rauswerfen. „Dann erzählen Sie mal. Ich überlege währenddessen, ob ich etwas für Sie tun kann", ermunterte er sie. Das ließ sie sich nicht zweimal sagen. Das Kopftuch hatte sie inzwischen abgenommen, ordentlich gefaltet und als kleines, blaues Dreieck auf dem Schreibtisch abgelegt. „Meine Nachbarn haben eine Tochter. Und die habe ich seit Wochen nicht mehr gesehen. Wer weiß, vielleicht haben sie sie umgebracht oder verkauft. Da muss doch einer was tun." Also doch Verfolgungswahn, dachte MacLean. Zugleich kam ihm ein schrecklicher Verdacht. „Verschwunden?", hakte er nach.

„Ja, die Hambachers sagen ja, die Kleine wäre in Bochum im Krankenhaus. Blinddarm, oder so. Aber sagen Sie mal ehrlich, kann das denn so lange dauern? Da stimmt doch was nicht. Die führen doch was im Schilde." Sein Verdacht hatte sich bestätigt, die Geschichte mit der Operation in Bochum war vielleicht doch zu fadenscheinig. Jetzt durfte er keinen Fehler machen, sonst saß bald halb Haddamar den Hambachers im Nacken. Und das war das Letzte, was die jetzt brauchen konnten. „Die sind auch so komisch, seit das Kind weg ist", setzte Gertrud Schleiermacher nach.

MacLean nickte. „Sie haben Recht, das klingt alles sehr merkwürdig. Ich werde da mal recherchieren und ich sage Ihnen dann, was ich rausgefunden habe." Die alte Dame lächelte, wurde dann aber wieder misstrauisch und fragte: „Aber das ist doch bestimmt furchtbar teuer? Ich habe nur eine kleine Rente." MacLean hatte längst in den Charme-Modus geschaltet. „Na gut, dann gucke ich mir die Sache für Sie mal unverbindlich an. Sie müssen erstmal nichts bezahlen. Und wenn es doch ernst wird, dann spreche ich mit der Polizei." „Es kostet mich also nichts?" „Nur, wenn es viel Arbeit wird; aber dann sage ich Ihnen vorher Bescheid." Sie schien zufrieden zu sein.

„Hambacher haben Sie gesagt? Und wo wohnen die?" Er ließ sich die Adresse, die er längst kannte, geben und noch ein paar Informationen, die er längst hatte. Gertrud Schleiermacher faltete das blaue Dreieck auseinander, knotete es sich um den Kopf und weckte ihren Hund, der unter dem Schreibtisch eingeschlafen war. Dann holte sie ihren Einkaufswagen aus der Ecke, zog an der Leine und bewegte sich langsam auf den Ausgang zu. MacLean sah ihr noch minutenlang nach, wie sie in Richtung Busbahnhof abzog.

Die Lüge

Nun war wirklich keine Zeit zu verlieren. Gertrud Schleiermacher wirkte nicht gerade so, als behielte sie ihre Gedanken gerne für sich. Wahrscheinlich hatte sie allen Nachbarn im Dorf längst irgendeine wilde Räuberpistole über Hambachers und ihre verschwundene Natalie aufgetischt. Mit etwas Glück würden die aber die alte Dame genauso wenig ernst nehmen wie die Polizei das offenbar tat.

Doch geschehen musste etwas, denn wenn erst einmal ein Verdacht im Raum stand – abwegig oder nicht – schauten die Leute ganz genau hin. Natalie musste wieder her, zumindest für die Nachbarn. Sie brauchten ein Lebenszeichen, und zwar eines für die ganze Nachbarschaft. MacLean hatte es den Eltern damals nicht verraten, aber er hatte den angeblichen Arzt nicht zufällig in Bochum angesiedelt.

„Bist du wahnsinnig?", brüllte Phil so laut in den Hörer, dass MacLean ihn einen halben Meter vom Ohr weghalten musste, um nicht einen Tinnitus zu riskieren. „Das kann mich meine Zulassung kosten, meine Karriere, das kann mein Ende sein. Eine Fälschung? Auf keinen Fall" MacLean hatte das Gefühl, er könne ihn den Kopf schütteln hören. Phil Wilson, Schulkamerad, Ex-Frauenheld, Familienvater und Doktor der Inneren Medizin an einem Bochumer Krankenhaus, war der einzige Mensch, der ihm helfen konnte. Und Ralf MacLean wusste genau, dass er es auch tun würde, wenn der erste Wutanfall vorüber war. Denn Phil hatte ein sehr weiches Herz, besonders, wenn es um Kinder ging.

Als er fragte: „Wie alt ist die Kleine?", wusste MacLean, dass er gewonnen hatte. Er malte seinem alten Freund aus, wie gefährlich es für Natalie sein könnte, wenn plötzlich die Polizei ins Spiel kam. „Okay, was brauchst Du?", fragte Wilson, allerdings erst, nachdem er eine Flasche Springbank als Bezahlung ausgehandelt hatte. Als MacLean es ihm erklärt hatte, seufzte Wilson auf: „Du machst mich echt fertig, Ralf." Jetzt war er so weich geklopft, dass MacLean noch einen drauf setzte: „Und Janes Hilfe brauche ich auch." Jane war Wilsons Tochter, zwölf Jahre alt, und der ganze Stolz ihrer Eltern. „Drehst Du jetzt total durch?" Doch dieser Wutausbruch dauerte nicht einmal so lange wie der erste. Anschließend rief MacLean die Hambachers an.

Der Plan hatte zwei Teile. Der erste war Gertrud Schleiermacher. MacLean besuchte sie zuhause in einem Bauernhof, in dem einmal viel Leben gewesen sein musste. Doch nun waren die Kinder aus dem Haus, den Hof wollte keiner weiterführen, wie die alte Frau MacLean ausgiebig erzählte. Die Ställe standen leer, in einige hatte ein anderer Bauer ein paar Geräte eingelagert. Gertrud Schleiermacher waren nur ein paar Hühner im Garten geblieben, die paar Euro, die ihre Kinder ihr zusätzlich zur Witwenrente schickten und die Gerüchte, mit denen sie sich die Zeit vertrieb. Im Hintergrund lief ein riesiger Fernseher in braunem Holzimitat, der irgendwelche Talkshows ohne Ton zeigte.

MacLean gab einen Detektiv, wie es ihn wahrscheinlich nur im Fernsehen gab. Er setzte sich auf den großen Sessel, der mit einem Plastik-Schutzbezug bedeckt war, und sah der alten Frau lange in die Augen. Er flüsterte fast: „Sie hatten Recht, mit Natalie Hambacher ist etwas nicht in Ordnung." Dann machte er eine lange Pause und genoss förmlich die Spannung, die er bei der alten Bäuerin erzeugt hatte. Sie wagte kaum zu atmen. „Das Mädchen ist tatsächlich in Bochum. Aber der Arzt hat einen Fehler gemacht, bei der Operation. Sie war kurz vor dem Tod, stellen Sie sich das vor." MacLean setzte ein betroffenes Gesicht auf. Gertrud Schleiermacher hing an seinen Lippen. „Wohl ein Kurpfuscher, dieser Verwandte von Hambachers. Sie hätten die Kleine lieber in Fritzlar im Krankenhaus operieren lassen sollen."

Die Frau schluckte die Geschichte, das war keine Frage mehr. „Doch Natalie wurde gerettet. Der Verwandte von Hambachers sitzt im Gefängnis. Und die Kleine muss noch Monate lang in Reha, damit sie wieder auf die Beine kommt." Gertrud Schleiermacher nickte langsam mit dem Kopf. „Aber warum haben sie nichts davon erzählt?" „Wollen Sie einen Verwandten haben, der fast Ihre Tochter umgebracht hätte?" Jetzt ließ MacLean den großen braunen Umschlag effektvoll auf den Tisch fallen und zog dann ein paar großformatige Fotos heraus, schwarz-weiß, wie im Krimi. „Das ist der Brief des neuen Arztes, ein Engländer übrigens", sagte er und deutete auf das erste Bild. Phil hatte tatsächlich einen Brief aufgesetzt und ihn so kompliziert formuliert, wie nur möglich. Darin stand mit reichlich Fremdworten, dass Natalie die Operation des „inzwischen abberufenen Kollegen" nur mit Mühe überlebt habe, dass sie mit einer zweiten Operation gerettet wurde und sich nun für eine „prolongierte Rehabilitationsmaßnahme" in einem Sanatorium befinde und vor allem Ruhe benötige. „Ich habe diesen Brief fotografieren können, als ich mich als Stromableser bei den Hambachers eingeschlichen hatte", flüsterte MacLean der alten Dame zu und legte beschwörend den Zeigefinger vor den Mund. Nun teilten sie ein Geheimnis, wenn auch ein falsches.

Dann legte ein zweites Foto auf den Tisch. „Ich habe noch etwas gefunden, einen Brief von Natalie – im selben Umschlag." Jane Wilson, Phils Tochter, hatte ganze Arbeit geleistet und einen schönen, kindlichen Brief geschrieben, der mit bunten Buchstaben und ein paar Stickern verziert war. MacLean flüsterte weiter: „Ich habe auch herausgefunden, wo Natalie sich aufhält." Jetzt legte er ein Foto auf den Tisch, das ein kleines Schloss zeigte. Er hatte das Bild des Sanatoriums im Internet gefunden. Gertrud Schleiermacher war überzeugt. Jetzt spielte MacLean seinen letzten Trumpf aus. „Tun Sie mir einen Gefallen, Frau Schleiermacher, behalten Sie die Geschichte für sich. Wegen der Hambachers." Ganz Haddamar würde morgen wissen, wo Natalie angeblich steckte.

100

Schauspielkunst

Der zweite Teil des Schwindels war mit etwas mehr Aufwand verbunden. Hambachers hatten auf MacLeans Vorschlag eine ganze Reihe Nachbarn zu sich nach Hause eingeladen, zu Kaffee und Kuchen. So hatte es sich eine Runde von vier Frauen und zwei Männern schon am großen Esszimmertisch bequem gemacht, als MacLean eintraf. Martin Hambacher stellte ihn als neuen Freund vor, der am Marktplatz Whisky verkaufe und den er in dessen Laden kennengelernt habe. Den Detektiv erwähnte er nicht, aber alle wussten natürlich davon. Es würde nicht lange dauern, bis der Erste nachfragen würde, überlegte MacLean, als er sich ein Stück Schwimmbadtorte, wie die Stachelbeer-Baiser-Torte hier genannt wurde, auf den Teller lud.

Doch er musste sich konzentrieren. Immer wieder schaute er unter dem Tisch auf seine Uhr. Um 15.09 Uhr räusperte er sich, und Sonja Hambacher ging, wie verabredet, in die Küche. Zwei Minuten schepperte etwas und sie rief: „Frau Mienwald, könnten Sie mir mal etwas helfen, bitte." Frau Mienwald, eine gesprächige Mitfünzigerin, die gerade mit ihrer Nachbarin über die Qualitäten des heimischen Frauenchors gefachsimpelt hatte, wirkte etwas verwundert, ging dann aber langsam in die Küche. Dort hatte Sonja Hambacher eine Rührschüssel mit noch nicht geschlagener Sahne fallen lassen und war jetzt dabei, sie aufzuwischen. „Könnten Sie vielleicht nochmal Kaffee aufsetzen?", fragte sie und deutete mit einem Kopfnicken Richtung Kaffeemaschine. Frau Mienwald machte sich sofort ans Werk. MacLean sah wieder auf seine Uhr. Hoffentlich waren die Wilsons pünktlich. 15.13 Uhr. Das Telefon in der Küche klingelte. Wieder Sonja Hambacher: „Ach, Frau Mienwald, könnten Sie wohl mal abnehmen, ich habe die Hände noch voller Sahne."

Frau Mienwald nahm ab, und Ralf MacLean hielt die Luft an. Er konnte nur hoffen, dass Frau Mienwald sich wirklich nicht so genau an Natalies echte Stimme erinnerte. „Die kennt sie ja kaum", hatten die Hambachers gesagt, als den Nachmittag geplant hatten. Die Kaffeegesellschaft war verstummt. Bis ins Esszimmer hörte man eine hohe Mädchenstimme aus dem Hörer klingen. „Natalie!", rief Frau

Mienwald verzückt, „Von Dir habe ich ja ewig nichts gehört. Wie geht es Dir?" Es klappte. Kurze Zeit später hatte Sonja Hambacher sich die Hände sauber gewischt und übernahm das Gespräch. Lange und einfühlsam redete sie mit dem fremden Mädchen, das heute ihre Tochter spielte. MacLean kamen fast die Tränen, als er die Mutter am Telefon hörte. Wie sehr musste sie ihre Tochter vermissen und nun auch noch die liebende Mutter spielen, als Rolle in einer Schmierenkomödie. Die Kaffeegesellschaft lauschte längst nicht mehr, sie diskutierte nun über die Milchpreise.

Als Sonja Hambacher aus der Küche wiederkam, fragte eine Frau, deren Namen sich MacLean nicht merken konnte: „Wie geht es der Kleinen?" „Gut. Wieder gut", antwortete die Mutter und begann zu erzählen. Dann holte sie von der Kommode an der Wand den Brief und legte ihn auf denTisch. „Gucken Sie mal, wie schön sie schreibt." Wie zufällig fiel dabei auch das Schreiben von Dr. Phil Wilson, Arzt für Innere Medizin in Bochum, auf den Tisch.

Die kühle Nadine

Jan Jochem hatte sich geirrt, als er im Gespräch mit MacLean gesagt hatte, Nadine wohne wohl immer noch in Obermöllrich. Ihre Eltern hatten aber noch ihr Haus im Dorf, und so erfuhr MacLean, dass sie umgezogen war. Mit ihrem Mann bewohnte sie ein Haus am Ortsrand von Wabern. Sie empfing MacLean im Wohnzimmer, von dem aus der Blick durch das Panoramafenster in Richtung der ehemaligen Mülldeponie ging. Sie hatte, neben der Zuckerfabrik, der Gemeinde ihren Reichtum gebracht. Doch davon sah man kaum etwas, die Halden waren hinter lang gezogenen Hügeln verborgen. Die Sonne schickte ein paar hoffnungsfrohe Strahlen über das Land, sodass man erahnen konnte, wie schön es hier im Frühling und im Sommer sein musste.

Nadine Stajner hatte ihre brünetten Haare zu einem Pferdeschwanz gebunden. Sie trug blaue Jeans und einen roten Pullover, Kaschmir oder so etwas, glaubte MacLean. Sie musterte den Detektiv misstrauisch, der es sich im Korbsessel bequem gemacht hatte und den Kaffee schlürfte, der noch sehr heiß war. Sie versuchte, ihre Skepsis hinter viel Freundlichkeit zu verstecken, doch MacLean nahm ihr das nicht ab. „Sie sind also wegen dieses schrecklichen Unfalls damals hier? Naja, ich habe ja eigentlich nichts davon mitbekommen. Am Morgen danach haben mich Freunde angerufen. Ich war ja mit Jan, naja wie soll man sagen, ein bisschen liiert."

Nur eine Frau wie sie würde das Wort liiert benutzten, dachte MacLean, für ihn klang es technisch und kalt. „Ja, Sie waren mit ihm zusammen, ich weiß. Wissen Sie, wie es ihm heute geht?" Die junge Frau schüttelte den Kopf: „Er läuft mir manchmal über den Weg, aber wir haben uns nichts mehr zu sagen." „Warum eigentlich nicht?" „Das sind private Dinge." Nadine Stajner konnte sehr kühl sein. MacLean stellte sich Jochem in seinen schäbigen Klamotten mit Hartz IV vor und sah dann Nadine Stajner mit Designer-Kaschmirpulli im schmucken Eigenheim vor sich sitzen. Manchmal kotzte ihn die Ungerechtigkeit der Welt an.

„Und Michael Freytag?" „Was?" „Ich meine, haben Sie zu ihm Kontakt?" „Eigentlich nicht." „Eigentlich?" „Naja, ich habe ihn mal im Knast besucht. Er tat mir leid." „Und, wie war's? Worüber haben Sie gesprochen?" „Schön ist jedenfalls was anderes. Wir haben über unser Leben gesprochen, auch über den Unfall." MacLean kam zu dem Punkt, der ihn wirklich interessierte: „Und heute? Sehen Sie ihn manchmal? Er ist inzwischen freigelassen worden. Das hat er Ihnen bei Ihrem Besuch doch bestimmt erzählt." „Ich wusste gar nicht, dass er wieder frei ist. Gesprochen hatten wir darüber nicht, glaube ich." Sie spielte gar nicht schlecht, fand MacLean.

Der Detektiv ging in die Offensive. „Jetzt will ich Ihnen mal erzählen, worüber Sie im Knast auch gesprochen haben. Sie haben ihm erzählt, dass Jan Jochem ihn mit den Streichhölzern ausgetrickst hat. Sie haben ihm gesagt, dass er nur gefahren ist, weil Jochem ihn verarscht hat." Sie war sichtlich überrascht von MacLeans Vorwürfen, und er setzte gleich nach. „Und erzählen Sie mir nicht, dass Sie nichts davon wussten. Jochem hat es Ihnen erzählt, und zwar nur Ihnen. Niemand anders kann es Freytag gesteckt haben." „Ja, ist ja

gut", sagte sie, „das hatte ich vergessen. Ist das denn so wichtig?"
„Natürlich ist das wichtig, es verändert alles. Vielleicht will Freytag jetzt Rache nehmen. Wo ist er?" „Das kann ich Ihnen nun beim besten Willen nicht sagen. Bei mir hat er sich jedenfalls nicht gemeldet. Oder wollen Sie jetzt das Haus dursuchen?" Sie lächelte. Nadine Stajner hatte sich wieder gefangen. „Ganz sicher nicht", murmelte MacLean und verabschiedet sich. Als er auf die Straße trat, kam gerade die Briefträgerin vom Nachbarhaus herüber.

Briefträger wussten immer, was in einer Straße vor sich ging. MacLean stellte sich ganz korrekt als Privatdetektiv vor und fragte, ob ihr in den vergangenen Tagen irgendetwas Ungewöhnliches im Haus von Nadine Stajner aufgefallen sei. Die Briefträgerin, eine Frau mittleren Alters, überlegte nur kurz. „Neulich dachte ich schon, die hätte einen Anderen. Da stand so um die Uhrzeit wie jetzt, gegen 11 Uhr, ein anderer Wagen vor der Tür, irgendeine alte Kiste. Als ich die Post eingeworfen habe, war da so ein Blonder am Fenster. Ihr Mann war das nicht. Vielleicht auch ein Handwerker, aber er war ganz schnell weg hinter dem Fenster; als wollte er nicht gesehen werden." Für MacLean war das einerseits eine gute Nachricht, andererseits bedeutete es, dass er wieder ein paar Stunden, vielleicht eine ganze Nacht, im Auto verbringen würde.

Ein Schatz im Keller

Der Standort in der Straße musste gut gewählt werden. Das Gespräch mit der Briefträgerin hatte MacLean erneut klar gemacht, wie sehr auf dem Land alles auffiel, was nicht dort hin gehörte oder neu hinzugekommen war. Viel Auswahl gab es allerdings nicht, und so blieb eigentlich für MacLeans alten, grauen Opel nur der Platz auf einem Parkstreifen zwischen einem Wohnmobil und einem französischen Kleinwagen. MacLean ließ sich Zeit, damit die Aktion nicht auffallen würde. Er stellte den Wagen schon zwei Tage vor der Observation ab, schlenderte dann zu Fuß in den Ortskern, trank im Café neben dem Zweckbau-Rathaus einen Kaffee und ließ sich per Taxi nach Hause bringen. Diesmal ging er auf Nummer sicher.

Er hatte überlegt, Martens über den aktuellen Stand zu informieren, kam aber wieder davon ab. Er wollte diese ganze Unfallgeschichte zu Ende recherchieren, bevor er den Präsidenten mit den Ergebnissen konfrontierte. Mit ein bisschen Glück hatte er Natalie und Jannik dann schon im Auto sitzen. Die beiden Tage nutzte er zu weiteren Kellerbesuchen mit Fauth. Einer davon führte sie in eine Gasse ganz in der Nähe des Varietés, das in Fritzlar seit ein paar Jahren ansässig war.

„Es könnte ein wenig länger dauern", hatte Fauth den Detektiv schon gewarnt, bevor sie bei Elfriede Schirmer klingelten. Es dauerte einige Zeit, bis sich ein Vorhang am Fenster direkt neben der Eingangstür bewegte. Fauth hatte sich in weiser Voraussicht nach vorne gestellt, sodass der Blick der alten Dame - sie war sicher jenseits der 90 - sofort auf ihn fiel. Das Gesicht unter den weißen Haaren mit dem Dutt hellte sich auf, als sie Fauth erkannte. Der kleine Kopf hinter dem Vorhang verschwand, und einige Zeit später waren hinter der Holztür schlurfende Schritte zu hören. Dann öffnete Elfriede Schirmer die Tür. „Dass Sie mich mal besuchen kommen", sagte sie zu Fauth gewandt, der entgegnete: „Ich habe einen Freund mitgebracht, Ralf MacLean." „Sehr erfreut, Herr Melzin, kommen Sie doch mit rein. Ich setze schnell einen Kaffee auf." Wenn sie schnell sagte, war das Schnelligkeit einer anderen Dimension.

Fauth und MacLean schlichen hinter der alten Dame her, in ein völlig überheiztes, kleines Zimmer. An einer Wand stand ein altes Sofa, in dessen Ecke sich zwei Katzen gemütlich zusammengerollt hatten. In der Mitte des Sofas war fein säuberlich ein weißes Strickdeckchen über die Rückenlehne ausgebreitet. Auf dem Tisch vor dem Sofa stapelten sich Tageszeitungen, Fernsehzeitschriften, ein paar Briefe und Strickzeug. An der Wand hinter einem schmalen Esstisch mit vier Stühlen hingen Fotos, offenbar von dem Ehemann in einer Militäruniform, von Kindern und von Enkeln mit Schultüten, Hochzeits- und bei Taufbilder.

„Kommen Sie, Herr Fauth, setzen Sie sich." Elfriede Schirmer deutete auf den Esstisch: „Und Sie auch, Herr Melzin." MacLean hatte sich entschieden, sie nicht zu korrigieren. Die alte Dame setzte Wasser in einem Kessel auf, das sie dann in einen Filter goss, der auf einer Porzellankanne alten Stils thronte. Während der Duft von frisch gebrühtem Kaffee langsam durch den Raum strich und sogar den muffigen Geruch des Zimmers zu überdecken begann, stellte sie in schneckenartigem Tempo drei Gedecke des selben Porzellans auf den Tisch, inklusive Milchkännchen und Zuckerdose. Dann holte sie von irgendwoher ein paar Stücke Streuselkuchen, der etwas trocken aussah.

Zum Glück stellte sich bald heraus, dass der Eindruck täuschte, der Kuchen war frisch. Nach ein paar Belanglosigkeiten versuchte Fauth, das Gespräch langsam in die richtige Richtung zu lenken. „Sie haben doch einen alten Keller, Frau Schirmer", fragte er vorsichtig. „Ja, der alte Keller. Da war ich lange nicht mehr. Wissen Sie, mein Sohn hat in seinem neuen Haus ja einen viel größeren Keller. Ich sehe ihn ja selten, den Frank. Der wohnt ja jetzt in Kassel, da kommt er mich nicht mehr so oft besuchen. Wenn mein Mann das wüsste." Sie hob drohend den Finger: „Mein Mann hat immer gesagt, man muss die Eltern in Ehre halten. Ich habe meine Mutter immer besucht, bis sie gestorben ist. Mein Mann ist im Krieg geblieben, aber das Haus hat er mir hinterlassen."

Fauth unterbrach sie sanft: „Wir interessieren uns für Ihren Keller, Frau Schirmer, für ein Buch über Fritzlar." „Ein Buch über Fritzlar? Das ist schön. Ich habe ja immer gerne gelesen und viel. Den Simmel habe ich immer gemocht, aber Shakespeare auch, hätten Sie nicht gedacht, oder? Aber jetzt machen die Augen nicht mehr so mit." MacLean fiel ein, dass er auf dem Tisch mit den Zeitungen eine große Lupe gesehen hatte. „Aber das mit dem Fernsehen geht noch gut. Ich stelle auch immer ziemlich laut, weil die Ohren nicht mehr richtig wollen. Stört aber keinen, ich wohne hier ja ganz allein." Dann kam sie wieder auf ihren Sohn zu sprechen, der sie so selten besuchte.

So ging das ganze Gespräch. Fauth nahm immer wieder Anlauf, auf den Keller zu sprechen zu kommen, und Elfriede Schirmer nahm, was auch immer er sagte, als Anlass für eine lange Geschichte aus ihrem Leben. Es musste so viel an Erinnerungen in diesem Kopf sein, dass es schwer fiel, sie zu ordnen, dachte MacLean, der längst verstanden hatte, was der Stadtarchivar mit seiner Prophezeiung gemeint hatte, dass es länger dauern könnte. Es dauerte sehr lange. Irgendwann gelang es Fauth, zu erfragen, wo der Schlüssel war und auch die Genehmigung zu bekommen, ihn vom Schlüsselbrett zu nehmen.

Der Weg führte eine ungleichmäßige Treppe hinab. Als MacLean die Eingangstür zum Keller sah, wäre er am liebsten sofort wieder umgekehrt: Sie war mit Spinnweben übersät und war ganz offensichtlich seit Jahren nicht mehr geöffnet worden. Doch jetzt waren sie schon einmal hier, außerdem gab es wahrscheinlich noch einen Zugang von außen.

Fauth drehte die Tür im Schloss herum, es knirschte, dann ließ sich die Klinke herab drücken. Den Männern strömte kalte Kellerluft entgegen. Fauth drehte an dem alten Lichtschalter, doch nichts geschah. Wahrscheinlich war die Lampe kaputt. „Psst!", machte MacLean plötzlich, er hatte ein Geräusch in der Dunkelheit gehört. Fast lautlos zog er seine Pistole aus dem Holster und gab Fauth ein Zeichen, ihm zu folgen. Langsam tastete er sich in die Dunkelheit vor. Es dauerte eine Weile, bis sich die Augen daran gewöhnt hatten, dann zeichneten sich erste Konturen ab. Der gesamte Keller stand voller alter Möbel, Regale und Kisten. Schritt für Schritt bewegte MacLean sich nach vorne, dann hörte er wieder dieses merkwürdige Kratzen. Langsam blickte er um die Ecke des alten Kleiderschrankes, setzte einen weiteren Schritt und stürzte über einen Karton oder einen Kasten. Im selben Moment fauchte ihn etwas an und bevor er reagieren konnte, war die Katze mit in der Dunkelheit leuchtenden Augen an Fauth und MacLean vorbei in das Innere des Hauses verschwunden. Eine Katze, das war ja fast ein Klischee, dachte MacLean bei sich, als er die alte Frau im Haus fröhlich ausrufen hörte: „Mieze, wo warst du denn die ganze Zeit?" MacLean ging mit Fauth die übrigen Kellerräume ab.

Der Archivar blieb irgendwann vor einem der Regale stehen und entzündete ein Feuerzeug. „Das ist ja ein echter Schatz", erklärte er, nachdem er mit der Flamme an den Buchrücken entlang geleuchtet hatte. „Wenn wir die Kinder wieder gefunden haben, werden Sie mich die nächsten Monate sicherlich hier unten finden. Wenn ich ihr gut zurede, überlässt sie mir die schönsten Stücke vielleicht für das Archiv. Schauen Sie mal hier, ein Buch zum 1000-jährigen Bestehen der Stadt. Davon gibt es auch nicht mehr so viele." MacLean ließ den Archivar in seinem Paradies zurück, bedankte sich bei der alten Dame für den Kuchen und ging zurück zu seinem Laden am Marktplatz. Schon wieder eine Pleite, hoffentlich war wenigstens die Spur Nadine Stajner ergiebig.

Die Schmierenkomödie

Der Aufwand, den MacLean und die Hambachers mit der großen Kaffeetafel, den gefälschten Briefen und dem ebenso falschen Anruf unternommen hatten, hatte sich gelohnt Sie hätten förmlich gespürt, wie das Misstrauen im Dorf geschwunden sei, erzählten die Eltern. Wenn jetzt jemand fragte, wie es Natalie gehe, sei der merkwürdige Unterton weg. MacLean hatte den Eltern auch empfohlen, den Arztbrief zusammen mit dem nächsten Entschuldigungsschreiben in der Schule vorzulegen, denn auch von dort waren immer wieder Fragen gekommen. Und Jane Wilson hatte noch einmal ganze Arbeit geleistet und im Namen Natalies an ihre Schulklasse geschrieben. Den Whisky für Phil hatte MacLean längst in die Post gegeben, und für Jane ein paar Bücher dazu gelegt, die er sich im Innenstadt-Buchladen hatte empfehlen lassen.

Der Detektiv war inzwischen fast froh, dass die alte Schleiermacher zu ihm gekommen war, denn er hatte über die Zeit völlig vergessen, dass die lange Abwesenheit der Kinder für Fragen sorgen würde. Und natürlich galt das auch für Jannik. Nun saß MacLean bei Monika Lenzen in der Küche, die ihren Nervenzusammenbruch offenbar überstanden hatte, und versuchte, sie von seinem Plan zu überzeugen. Bei ihr war der Druck aus der Umgebung bisher nicht so groß, weil sie weniger Kontakte hatte als die Hambachers. Nach der Scheidung hatte sie sich einige Zeit lang kaum auf der Straße sehen lassen und musste feststellen, dass nur wenige Menschen nachfragten, wie es ihr ging.

Doch ihre näheren Bekannten waren natürlich stutzig geworden, als sie erzählt hatte, Jannik lebe jetzt bei seinem Vater. „Für mich war es kein Problem, traurig zu sein, als ich die Geschichte erzählt habe", sagte Monika Lenzen und stützte ihr Kinn auf ihre Hände. „Traurig bin ich ja wirklich, einmal habe ich sogar geweint. Trotzdem haben sich meine Nachbarn gewundert, dass der Junge plötzlich zu seinem Vater wollte. Und die Schule drängt auch darauf, irgendetwas Schriftliches zu bekommen." „Sie hätten mir längst davon erzählen müssen", schob MacLean ein. „Ich weiß, aber ich hatte andere Dinge im Kopf." Jetzt weinte sie fast wieder: „Verdammt, Sie müssen ihn endlich finden. Warum finden Sie ihn denn nicht?" MacLean wünschte, er hätte ihr antworten können und staunte zugleich, wie schön eine traurige Frau sein konnte.

Doch für Schwärmereien war jetzt keine Zeit. „Sie müssen Ihren Ex-Mann anrufen", wiederholte er, doch sie schüttelte nur den Kopf. Dann gab sie sich einen Ruck und sagte: „Machen Sie es. Er wird sicher mitspielen, schließlich hängt er auch an seinem Kind. Rufen Sie ihn an." MacLean stimmte schließlich zu, wenngleich mit einem unguten Gefühl.

Monika Lenzen reichte ihm ihr Telefon und diktierte die Nummer. „Wolfang Grote", meldete sich eine tiefe Stimme. MacLean stellte sich vor und bemerkte die Ungeduld am anderen Ende der Leitung. Als er von der Entführung Janniks berichtete, wurde es plötzlich still, dann brach ein Gewitter los. „Sie wollen mir sagen, mein Sohn ist schon vor Wochen entführt worden und Sie haben nicht einmal die Polizei eingeschaltet!", brüllte Lenzens Ex-Mann. „Und Sie sind der Superheld, der die Sache im Alleingang lösen will, wie?" MacLean ließ ihn sich austoben, ohne auch nur ein einziges Wort zu sagen. Irgendwann wurde Grotes Stimme leiser und er beendete seinen Wortschwall mit den Worten: „Ich werde sofort nach Fritzlar kommen!" MacLean ließ sich die Worte setzen, dann entgegnete er betont langsam: „Das würde ich uns allen nicht empfehlen. Dann würde unsere kleine Lügengeschichte sofort auffliegen. Hier glauben nämlich alle, Jannik wäre bei Ihnen."

MacLean hatte befürchtet, Grote würde wieder anfangen zu schreien, aber anscheinend hatte er seine Energie verbraucht. Er ließ sich in Ruhe erklären, was es mit der ganzen Geschichte auf sich hatte. „Wir sind davon überzeugt, dass es lebensgefährlich wäre, die Polizei einzuschalten", sagte MacLean, „und nun brauchen wir Ihre Hilfe." Nachdem der Detektiv erklärt hatte, was er vorhatte, nahm Monika Lenzen ihm plötzlich – mit einer in dieser Situation unerwartet eleganten Bewegung – das Telefon aus der Hand. „Ich bin's, Wolfgang", flüsterte sie fast. „Lass uns für diese Zeit unseren Streit vergessen, unser Sohn braucht uns jetzt. Wenn er wieder da ist, können wir meinetwegen wieder streiten." Ihr gelang ein Lächeln und, als hätte er es durchs Telefon sehen können, Wolfang Grote willigte ein.

So bekam die Ursulinenschule Fritzlar nach einigen Tagen einen sehr amtlich wirkenden Brief (und Ralf MacLean eine Kopie) von Oberstleutnant Wolfang Grote, der sich förmlich entschuldigte, dass er sich so spät melde, aber er habe dienstliche Verpflichtungen gehabt. Für den Fall, dass es Unklarheiten gebe, bestätige er selbstverständlich gerne die Angaben seiner Frau, dass Jannik sich entschieden habe, bei ihm zu leben. Sorgerechtlich sei das unproblematisch. Falls es notwendig sei, werde er gerne Janniks neue Schule um eine Bestätigung bitten, dass er nun dort den Unterricht besuche. MacLean hoffte, dass der Bluff aufgehen würde, denn er kannten keinen Lehrer, der ihm eine solche Bescheinigung fälschen würde.

Nachdem Grote einmal überzeugt worden war, hatte er sogar noch eine eigene Idee. Einige Tage später fuhr am hellichten Tage ein Kleinlaster der Bundeswehr vor Monika Lenzens Haus vor. Zwei Soldaten trugen Stück für Stück Spielzeugkisten, den Computer und eine ganze Reihe Möbel von Jannik aus der Wohnung und fuhren davon. Monika Lenzen stellte sich demonstrativ ans Fenster und sah den jungen Männern mit traurigem Blick bei der Arbeit zu. Sie hatten den Zeitpunkt so gewählt, dass viele Menschen in die Post gingen oder zum Einkaufsbummel unterwegs waren. Es würde sich schnell herum sprechen, dass Janniks Vater die Sachen seines Sohnes von Soldaten abholen ließ.

MacLean machte sich zu der Zeit ebenfalls auf den kurzen Weg in Richtung Post. Die Fachwerkhäuser strahlten in der Wintersonne, aus dem Imbiss stieg ihm Pommesgeruch in die Nase, und vor dem Optikerladen diskutierten zwei Frauen über eine Fernsehserie. Plötzlich kam eine Stimme aus der geöffneten Ladentür: „Frau Meier, ich brauche sie. Sie müssten hier nochmal umdekorieren!" Die Angesprochene schüttelte den Kopf und sagte zu ihrer Gesprächspartnerin: „Ich muss rein." Und mit einem Lächeln: „Er nennt das einen Optimierungszuruf!"

MacLean betrachtete eine Weile, wie die beiden Männer in olivgrün Janniks Kinderbett in Einzelteilen in den Laster schoben und dachte bei sich: Was für eine Schmierenkomödie!

Noch eine kalte Nacht

In seinem Büro blinkte die rote Lampe des Anrufbeantworters. MacLean drückte den Knopf und hörte Martens' Stimme, die ungeduldig fragte, warum er sich so lange nicht gemeldet habe und wie weit er eigentlich gekommen sei. MacLean beschloss, ihn nicht zurückzurufen, bis er der Sache mit Carstens Unfall auf den Grund gegangen war. Er goss sich einen Teebeutel einer Sorte auf, die er sich aus Schottland immer schicken ließ, rührte zwei-, dreimal mit dem Löffel um und nahm den Beutel dann wieder aus der Tasse. Ein Würfel Zucker, ein Schuss Milch, fertig war der Tee, wie er ihn brauchte. Er würde nie verstehen, warum die Deutschen an ihre Teebeutel eine Schnur und ein Schildchen hefteten. MacLean lehnte sich in seinem Stuhl zurück, nahm einen Schluck und schloss die Augen. Es würde eine lange Nacht werden, und es war ziemlich kalt draußen.

In aller Ruhe packte er einen Rucksack mit Tee in einer Thermoskanne, Keksen und ein paar Broten, mit der Taschenlampe und vor allem mit einer Wolldecke. So ausgerüstet, machte er sich zu Fuß auf den Weg zum Fritzlarer Bahnhof, der seine besten Tage lange hinter sich hatte. Mit einem dieser Nahverkehrszüge, die mit Eisenbahnromantik nichts mehr zu tun hatten, fuhr er bis nach Wabern. Langsam ging er durch die Unterführung, die nach Urin stank und im Schein der Leuchtstoffröhre, die kurz vor dem Verglühen war und hektisch blinkte, ein Ort war, den man so schnell wie möglich verlassen wollte. Immerhin gab es Bestrebungen, den Bahnhof endlich wieder in einen ansehnlichen Zustand zu versetzen, hatte er gelesen.

Im Ort war wenig los. Vor dem Supermarkt standen einige Autos, ein älterer Mann schob einen Einkaufswagen über den Parkplatz. Ansonsten waren die meisten Waberner offenbar in die Wärme ihrer Häuser geflüchtet. In der Straße vor Nadine Stajners Haus war weit und breit niemand zu sehen, in den meisten Häusern waren die Gardinen zugezogen. MacLeans Opel stand noch genauso dort, wie er ihn vor zwei Tagen abgestellt hatte. Das Problem war allerdings, dass der Wagen natürlich inzwischen völlig ausgekühlt war. Der Detektiv drehte die Heizung voll an, ließ sie aber nur ein paar Minuten laufen; schließlich durfte er die Batterie nicht in die Knie zwingen.

Um ihn herum wurde es fast schlagartig dunkel. Die Straßenlaternen flackerten auf, und in vielen Häusern gingen Lampen an, die warm strahlten. MacLean kamen sie sicher noch wärmer vor, als sie es wirklich waren, denn er fror. Der Tee, den er sich streng rationiert in halbstündigen Abschnitten gönnte, half nur kurze Zeit. Gegen Mitternacht war er ausgetrunken. MacLean sah sich in alle Richtungen um, stieg dann aus und erleichterte sich hinter einem Stromkasten. Als er das Radio andrehte, gab der Radiosprecher gerade die Verkehrsmeldungen um 00.30 Uhr durch, dann lief „Private Investigations" von den Dire Straits über den Sender.

Da beschloss MacLean, dass er spätestens in einer Stunde die Aktion abbrechen würde. Es war einfach zu kalt, seine Finger fühlten sich klamm und unbeweglich an. Plötzlich glaubte er, vor Nadine Stajners Haus einen Schatten zu sehen. Hoffentlich nicht wieder eine blöde Katze, dachte er, als der Bewegungsmelder das Licht aufscheinen ließ. Es war tatsächlich die Frau mit dem Pferdeschwanz, bei der er vor zwei Tagen im Wohnzimmer gesessen hatte: Nadine Stajner. Sie bewegte sich betont vorsichtig auf die Garage zu.

MacLean rechnete damit, dass gleich ein Auto aus der Einfahrt kommen würde, doch es war nur ein einziger Scheinwerfer zu sehen. Nadine Stajner war auf einem Motorroller unterwegs. MacLean ließ ihn passieren, zählte in Gedanken bis zehn und startete erst dann den Motor. Er atmete innerlich durch, als der alte Opel trotz der zweitägigen Standzeit sofort zündete. MacLean fuhr ein paar Meter im Dunkeln, bevor er die Scheinwerfer einschaltete.

Um diese Uhrzeit war es so leer auf den Waberner Straßen, dass er keine Schwierigkeiten hatte, den Roller zu finden. Nadine Stajner fuhr aus dem Wohngebiet heraus, bog dann auf die Hauptstraße nach links ein und ließ den Karlshof hinter sich. Soweit er wusste, hatte sich das alte Schlösschen mal ein Landgraf als eine Art Ferienhaus bauen lassen, nun war dort eine soziale Einrichtung untergebracht. Das rote Rücklicht des Rollers hatte Wabern verlassen und bewegte sich in Richtung des Waberner Ortsteils Zennern, der durch einen Tauzieh-Verein in der Region eine gewisse Bekanntheit erlangt hatte. MacLean rollte vorsichtig in einigem Abstand hinterher, das Licht immer im Blick.

Auf dieser Straße sah man von Zennern vor allem den kleinen Bahnhof und die große Ampelkreuzung. Dort sah MacLean das Licht nach rechts verschwinden, in Richtung Obermöllrich. Nadine Stajner wollte doch hoffentlich nicht jetzt ihre Eltern besuchen. Doch, als MacLean ebenfalls abbog, war das Rücklicht nicht mehr zu erkennen. Er fuhr langsamer und atmete auf, als er wieder rot sah: Nadine Stajner war kurz hinter den Schienen erneut nach rechts abgebogen. MacLean stoppte, schaltete die Scheinwerfer aus und wartete. Wäre er ihr jetzt auf dieser kleinen Straße gefolgt, wäre er sofort aufgefallen. Bald war das Licht weg. MacLean fuhr langsam auf den Weg, das Licht blieb aus, und versuchte, in der Dunkelheit etwas zu erkennen. Hier musste sie hinein gefahren sein. Rechts lag ein Betriebsgelände mit mehreren Hallen. MacLean fuhr noch ein Stück weiter den Weg entlang und ließ den Wagen am Rand stehen.

Mit der Pistole im Holster ging er zu Fuß zurück zur Halle. Und tatsächlich: vor einer Stahltür stand der Roller von Nadine Stajner an die Hallenwand gelehnt. Eines der Fenster war erleuchtet. Sie musste dort drin sein, vielleicht traf sie wirklich Michael Freytag. Wenn das stimmte, war es allemal sicherer zu warten, bis die ehemalige Schulkameradin von Carsten Martens wieder aus der Halle heraus kam. Dann war MacLean mit Freytag allein, der ihn – im Gegensatz zu Nadine – nicht kannte.

Nichts wäre MacLean lieber gewesen, als endlich an irgendeinen Ort zu kommen, wo es eine Heizung gab. Obwohl er auf der Fahrt nach Zennern die Heizung im Opel voll aufgedreht hatte, war die

Tour viel zu kurz gewesen, um sich wirklich aufzuwärmen. Nun saß er hinter ein Mäuerchen gekauert und spürte den kalten Wind im Rücken. Zum Glück musste er dieses Mal nicht lange warten. Nach ein paar Minuten wurde die Stahltür geöffnet, und im Schein der Lampen war eine weibliche Silhouette zu erkennen. Nadine Stajner schloss die Tür ab, setzte den Helm wieder auf, startete ihren Roller und war verschwunden. MacLean hatte nicht erwartet, dass sie das tun würde. Er hatte sich ausgemalt, durch die Tür einfach in die Halle zu marschieren und nachzusehen, was sie dort versteckt hatte. Nun war abgeschlossen. Einen Dietrich hatte er nicht mitgebracht, wer hatte denn mit so etwas rechnen können?

Der Erpresser

Vorsichtig bewegte MacLean sich an der Fabrikhalle entlang, immer dicht an der Mauer, damit sein Schatten nicht zu sehen war, falls ihn jemand beobachtete. Er hatte gewartet, bis Nadine Stajner wieder die Straße Richtung Wabern erreicht hatte, was er beim Blick über die Bahnlinie gut erkennen konnte. Die Halle hatte einige Türen, doch sie waren alle verschlossen. Es blieb ihm nichts anderes übrig, als zu dem Eingang zurückzukehren, den Nadine benutzt hatte.

MacLean entsicherte die Waffe in seiner rechten Hand und schlug dann mit der linken Faust dreimal kräftig gegen die schwere Tür. Das Geräusch hallte wieder, dann sah MacLean, wie hinter zwei Fenstern eine Lampe angeschaltet wurde. Schritte kamen hörbar näher, dann war eine männliche Stimme zu hören: „Was ist denn?" Statt zu antworten, klopfte MacLean erneut dreimal gegen das Metall. „Nadine, bist du das?", fragte die Stimme, dann wurde aufgeschlossen. Als die Tür sich einen Spalt nach innen öffnete, warf MacLean sich dagegen. Die Tür sprang auf, der Mann dahinter fiel zu Boden und fluchte. Der Detektiv schlug die Tür hinter sich zu und hielt die Pistole auf ihn gerichtet. Die Überraschung war gelungen. „Ganz langsam aufstehen!", befahl MacLean. Mit erhobenen Händen stand der blonde junge Mann auf. „Polizei?", fragte er, doch der Ermittler antwortete nicht. Unsanft stieß er ihn vor sich her, auf die Tür des erleuchteten

Zimmers zu. „Da rein!", fauchte er ihn an. „Setzen!"

MacLean wies den Blonden an, sich auf einen der Holzstühle in dem Raum zu setzen, der offenbar einmal als Büro gedient hatte, als die Halle noch in Betrieb war. Er nahm sich einen Stuhl gegenüber und ließ die Pistole auf ihn gerichtet. „Michael Freytag, nehme ich an?", sagte er, und der Mann in den blauen, ausgewaschenen Jeans und dem zerrissenen T-Shirt nickte. „Was tun Sie hier?" „Ich bin hier für ein paar Tage untergekommen." MacLean sah sich um. Auf einem Tisch an der Wand lag ein Stapel Zeitungen, daneben Schreibmaschinenpapier, Klebstoff, eine Pinzette und Einmal-Handschuhe. Die Schlagzeilen waren zerschnitten MacLean war sofort klar, was das bedeutete: Erpresserbriefe.

„Dann mal ganz direkt: Wo sind die Kinder? Am besten, Sie sagen es mir gleich, vielleicht kommen Sie dann mit ein paar Monaten weniger davon." Doch Freytag verstand ihn anscheinend nicht: „Kinder, was für Kinder?" „Die, mit denen Sie Jan Jochem, Martens und die anderen erpressen." „Martens? Wieso der? Der hat doch nichts damit zu tun. Und was für Kinder?" „Und was zum Teufel schreiben Sie dann hier für Briefe?" MacLean war aufgestanden und wühlte in den Papierstapeln, die auf dem Tisch lagen.

Er fand mehrere Briefe. Der eine war an Jan Jochem gerichtet und lautete: „50.000 Euro, sonst fliegt alles auf, dann erfahren es das Gericht und die Zeitung. Geld Montag, 23 Uhr, Waberner Bahnhof Gleis 3, mittlere Bank ablegen." Dieser Freytag schien nicht der Intelligenteste zu sein. Warum machte er sich die Mühe, einen Erpresserbrief fein säuberlich aus der Zeitung auszuschneiden, wenn Jochem sowieso wusste, von wem er stammte? „Was soll die Geheimnistuerei, Sie haben Jochem doch schon angerufen." Freytag hatte keine Antwort. Ein zweiter Brief war offenbar mehrfach fotokopiert worden. Er richtete sich gleich an mehrere Zeitungen und Radiosender: „Neue Informationen zum Unfall bei Homberg vor sechs Jahren. Schuld war Jan Jochem, der den Fahrer mit einem Trick auswählte." Keine Unterschrift.

„Das ist alles?" MacLean musste fast lachen. Einen so dilettantischen Verbrecher hatte er noch nie gesehen. Im Knast hatte er in dieser Hinsicht jedenfalls nichts gelernt. „Nun erzählen Sie mal vom Tag des Unfalls", forderte er ihn auf.

Lebenslang gefangen

Freytags Geschichte deckte sich weitgehend mit den Versionen, die MacLean schon gehört hatte. „Andreas hat das kurze Hölzchen gezogen", sagte Freytag, und MacLean hakte ein: „Aber war das im Prozess nicht immer strittig?" „Stimmt, aber es spielt auch keine Rolle, ob Andreas oder Carsten – beide sind tot." Freytags Stimme klang jetzt sehr matt. „Jedenfalls hatten wir alle getrunken, als es losgehen sollte, Richtung Fritzlar. Dann kam Jan mit der Idee um die Ecke, wir sollten einfach nochmal losen. Irgendwer hatte ihm davon erzählt. Er war ganz geil drauf. Das ist mir aber damals nicht aufgefallen, wir waren ja alle nicht mehr normal." So zog Michael Freytag das Streichholz, das ihn schließlich zum Todesfahrer machte. „Warum sind Sie überhaupt losgefahren?", fragte MacLean. Freytags Blick wurde starr und kalt, als er antwortete: „Jeden Tag im Knast, vielleicht sogar jede Stunde habe ich mir diese Frage gestellt. Sie ahnen nicht, wie oft ich diesen Traum hatte, in dem ich meine Eltern anrufe, damit sie uns abholen. Ich muss mit dieser Schuld leben, irgendwie."

MacLean nickte, zeigte aber dann mit dem Finger auf den Stapel mit den Zeitungen und den Erpresserbriefen: „Und was soll dann das da?" Michael Freytag hatte sich wieder etwas gesammelt. „Vor einiger Zeit tauchte Nadine plötzlich im Knast auf. Ich hatte sie Jahre lang nicht mehr gesehen. Zuerst sprachen wir über Belangloses, und sie erzählte mir von ihrem Mann und dem Haus, das sie sich in Wabern gebaut hatte. Doch Sie war nicht glücklich, das spürte ich. Als ich ganz direkt fragte, fing sie an zu weinen. Ihr Mann wollte keine Kinder, und sie hätte so gerne welche gehabt." „Und Sie liebten sie immer noch." „Ja, ich liebe sie immer noch." Freytag hatte gar nicht bemerkt, dass er in die Gegenwart gesprungen war. „Und dann hat sie Ihnen erzählt, was sie über Jan Jochem und seinen Betrug mit den Hölzchen wusste." „Ich habe nie verstanden, warum er es eigentlich getan hat. Was hatte er vor?" „Das kann ich Ihnen sagen: Er war eifersüchtig wegen Nadine." „Eifersüchtig, er? Er war mit ihr zusammen und ich kam nicht an sie ran." „Sie waren mit ihr Eis essen und haben Jochem erzählt, Sie hätten mit ihr geschlafen." Freytags Gesichtsausdruck lag irgendwo zwischen Heiterkeit und Fassungslosigkeit: „Das hat er wirklich geglaubt? Ich wollte ihn provozieren mit dieser billigen Nummer. Ich war neidisch."

Jetzt weinte Freytag. „Ich habe ihn dazu gebracht, diese Scheiße zu machen, ich allein." Doch MacLean war noch nicht mit ihm fertig: „Das erklärt aber noch nicht die Erpressung." Freytag sprach stockend weiter: „Nadine war von nun an alle paar Wochen bei mir, es ist ja nicht so weit bis nach Schwalmstadt. Ich sollte mich auf jeden Fall melden, wenn ich rauskomme. Nadine hat mich sogar vor dem Knast abgeholt." Dann erzählte Freytag, wie sie ihm sagte, sie wolle mit ihm weg, ihn heiraten und Kinder mit ihm haben. „Aber sie hatte kein Geld, und da kam sie auf die Idee mit der Erpressung. Ich wusste ja nicht, warum Jan das gemacht hatte." Sie hatte ihn in die Fabrikhalle gebracht und mit Essen versorgt.

„Aber Jochem wusste doch genau, dass Sie dahinter stecken." „Ja, schon, aber ich habe darauf gesetzt, dass er nicht wollte, dass die Sache bekannt wird. ‚Er wird zahlen, ich kenne ihn', sagte Nadine immer." „Und was haben Jannik und Natalie mit der Geschichte zu tun?" MacLean wollte es wenigstens noch einmal versuchen, auch wenn er seine Felle längst davon schwimmen sah. „Jannik und Natalie? Die kenne ich nicht. Wer soll das denn sein?" MacLean schwieg und dachte nach. Während des Gesprächs hatte er die Pistole sinken lassen. Gefährlich kam ihm dieser Mann nicht vor, es war noch ein weiteres Leben, das durch den Unfall zerstört worden war. Doch er musste auf Nummer sicher gehen. „Ich müsste mich trotzdem noch einmal in der Halle umsehen, in allen Räumen. Und Sie kommen mit!" Freytag ging ohne Widerstand mit, sodass MacLean schließlich die Waffe sogar im Holster verschwinden ließ.

In der großen Halle standen noch einige Maschinen, ansonsten war sie leer. In den Nebenräumen, die teilweise ebenfalls einmal Büros gewesen sein mussten, sah es nicht anders aus. Einen Keller gab es nicht, hier war kein Kind gefangen, davon war der Detektiv endgültig überzeugt. Nach einer halben Stunde saßen sie wieder im Büro, das Nadine Stajner für Michael Freytag mit einer Luftmatratze als Wohnraum ausgestattet hatte, und in dem auch ein kleiner Fernseher stand, der lautlos lief. MacLean grübelte. Eines war klar: Freytag hatte sich strafbar gemacht, indem er versucht hatte, seinen alten Freund Jan Jochem zu erpressen. MacLean musste die Polizei rufen, dann würde Freytag ganz schnell wieder hinter Gittern sitzen, und mit seiner Vorgeschichte würde es wahrscheinlich kein ganz kurzer Aufenthalt werden. Freytag und die anderen Überlebenden waren ohnehin lebenslang Gefangene, überlegte er sich, Gefangene dieses einen Tages, den keiner von ihnen vergessen würde und an den keiner von ihnen jemals ohne Schuldgefühle würde zurückdenken können.

MacLean nahm den Stapel mit den Zeitungen und den Briefen vom Tisch. Dann sah er Freytag an, der in sich zusammengesunken auf dem Stuhl kauerte und sagte: „Die nehme ich mit. Lassen Sie Jochem in Ruhe, und ich gebe Ihnen noch einen Rat: Gehen Sie weg von hier. Weit weg." Dann ging er. Draußen legte er die Papiere auf den Asphalt und hielt ein Feuerzeug daran. Sofort loderten die Flammen auf und zerfraßen das dünne Papier. MacLean stand noch nachdenklich vor dem verbrannten Haufen, als der Wind die Einzelteile längst über den Hof verteilt hatte. Dann ging er langsam zu seinem Auto und startete den Motor. Als er den CD-Spieler seines Autos einschaltete, lief ein Lied der Band Del Amitri: „Out Falls The Past".

Spurlos

MacLean schlief schlecht in den wenigen Stunden, die von der Nacht übrig geblieben waren. Selbst das Glas Glen Scotia, das er sich noch genehmigt hatte, half da wenig. Immer wieder gingen ihm die Gespräche mit Martens, mit Andreas Schreiners Mutter, mit Jan Jochem, Tom Strapmann, Nadine Stajner und schließlich mit Michael Freytag durch den Kopf. Die Geschichte ließ ihn einfach nicht los, so wie sie ihn schon Wochen lang nicht losgelassen hatte. Das Schlimme daran war, dass nun klar war, dass Freytag nicht einmal das Geringste mit der Entführung der beiden Kinder zu tun hatte. Er war schon wieder einer falschen Spur gefolgt, und das nach der Farce mit Joe. Die echten Entführer hatten sich wahrscheinlich ins Fäustchen gelacht, während er Vergangenheitsbewältigung betrieb.

Und doch beschäftigte ihn der Unfall auch noch am nächsten Morgen. Als erstes rief MacLean Jan Jochem an und sagte ihm, er werde von Michael Freytag nichts mehr hören, die Sache habe sich erledigt. Auf Nachfragen antwortete er nicht. Dann meldete er sich bei Martens und seiner Frau an. Er hatte beschlossen, ihnen die ganze Geschichte zu erzählen. Mit weit aufgerissenen Augen hörten sie sich MacLeans Bericht an. Elisabeth Martens fand zuerst Worte: „Vielleicht müssten wir Jan jetzt hassen, ich weiß es nicht. Aber mein Hass ist aufgebraucht, nur meine Trauer wird bleiben. Oder glauben Sie, er müsste bestraft werden?"

MacLean musste nicht lange nachdenken: „Strafrechtlich dürfte das alles wohl kaum von Bedeutung sein. Und wenn Sie mich fragen, Jochem ist gestraft genug." Er war froh, als Elisabeth und Karl-Heinz Martens nickten. „Ich habe übrigens Freytag auch laufen lassen. Er hat, denke ich, lange genug im Gefängnis gesessen." Keiner widersprach. Schließlich ergriff der Karnevalspräsident das Wort: „Wir müssen Ihnen danken. Ich bin froh, dass wir die ganze Geschichte jetzt kennen, so traurig sie ist. Vielleicht hilft uns das sogar ein bisschen."

MacLean räusperte sich. „Leider habe ich so viel Zeit mit dieser Sache verbracht, dass wir in Sachen Entführung kaum weitergekommen sind. Immerhin haben wir inzwischen fast alle Keller durchsucht." „Keine heiße Spur?", fragte Martens. „Nein, keine. Obwohl ich nach wie vor glaube, dass die Kelleridee richtig ist. Sonst hätten die Entführer nicht so nervös reagiert. Aber vielleicht suchen wir noch an der falschen Stelle. „Wir dürfen nicht aufgeben", versuchte Martens ihn zu ermuntern. Als MacLean sich verabschiedete, drückte Elisabeth Martens den Detektiv an sich und murmelte: „Danke." Ihr Mann verabschiedete sich mit einem langen, festen Handschlag.

Eines ließ dem Detektiv noch keine Ruhe. Er steuerte seinen Wagen in der Nachmittagssonne erneut auf den Hof der Halle in Zennern. Diesmal war die Tür nicht verschlossen. MacLean hörte seine eigenen Schritte im Flur widerhallen. Langsam schob er die Tür zu dem Raum auf, in dem er Michael Freytag verhört hatte. Die Matratze und Freytags Rucksack waren weg. Nur der Fernseher lief noch lautlos.

Der Oberstleutnant

Der Whiskyladen konnte kein richtiger Erfolg werden, wenn er dauernd wegen irgendwelcher Ermittlungen unterwegs war, dachte MacLean, als er sein Geschäft am späten Nachmittag aufschloss. Und die Ermittlungen drehten sich auch im Kreis, wie ihm das Blinken des Anrufbeantworters unmissverständlich klar machte. Er hatte sich fast daran gewöhnt, dass bald jeden Tag die Stimmen von Vater oder Mutter Hambacher vom Band erklangen.

Mit jedem Tag, und wer würde das nicht verstehen, wurden sie unruhiger. Er rief jedes Mal zurück und sprach mit ihnen. Mal beschimpften sie den Detektiv, manchmal weinten sie – was MacLean jedesmal selbst Tränen in die Augen trieb und einen Kloß im Hals verursachte – manchmal bestanden die Gespräche vor allem aus Schweigen, wenn der Name Natalie gefallen war. Dann schwiegen sie gemeinsam am Telefon.

Einmal war Martin Hambacher besonders aufgebracht. Er hatte im Zeitungsständer ein Pferde-Comicheft seiner Tochter gefunden und der Schmerz überwältigte ihn. „Langsam glaube ich, Sie stecken mit den Scheißkerlen unter einer Decke!", brüllte er MacLean an. „Ich werde Sie wegen Beihilfe anzeigen. Ich rufe jetzt die verdammte Polizei!" Der Detektiv hörte nur noch ein Klick in der Leitung, dann war Martin Hambacher weg. MacLean überlegte, ob er zurückrufen sollte, aber er wusste, das wäre zwecklos.

Es gab nur zwei Möglichkeiten: Entweder hatte Hambacher längst die Polizei gerufen, oder er hatte es sich anders überlegt. Der Detektiv blickte aus dem Fenster und begann, beim gegenüberliegenden Fachwerkhaus, einem ehemaligen Hotel, die diagonalen Balken zu zählen, während er wartete. Es klingelte. Sonja Hambacher. „Sie müssen uns verstehen. Der Schmerz lässt nicht nach, er wird nur jeden Tag noch stärker. Wir haben die Polizei nicht gerufen, aber es muss doch etwas passieren."

Jetzt waren sie wieder auf dem Anrufbeantworter, diesmal klangen ihre Stimmen flehend und traurig. Auch mit Monika Lenzen telefonierte er fast täglich und fand Gefallen daran, was ihm angesichts der Situation peinlich war. Aus dem Augenwinkel sah der Detektiv, wie jemand mit schnellen Schritten auf seinen Laden zusteuerte.

In diesem Moment stand der Soldat schon im Laden. Das war in Fritzlar wahrlich kein ungewöhnlicher Anblick, aber MacLean wusste sofort, wen er da vor sich hatte. Er hätte auch keine Zeit gehabt, darüber nachzudenken, denn da stand ein Mann der klaren Worte: „Ich bin Oberstleutnant Wolfgang Grote. Sind Sie der Detektiv?" MacLean nickte und bat ihm mit einer Handbewegung auf den Stuhl am Schreibtisch. „Sie sollten nicht hier sein, das könnte für Fragen sorgen", sagte er, doch Grote war nicht gekommen, um sich etwas sagen zu lassen. „Ich kann gut alleine entscheiden, wohin ich gehe und wohin nicht. Vielen Dank", sagte er scharf. Es würde kein angenehmes Gespräch werden.

MacLean hatte, obwohl sein Vater selbst Soldat gewesen war, immer eine gewisse Distanz zum Militär gehabt. Befehl, Gehorsam, Reih und Glied – waren nicht seine Welt. Seinen Vater hatte das anfangs wütend gemacht, später traurig. Er hatte gehofft, sein Sohn würde ihm auf dem Berufsweg folgen. Vielleicht, überlegte Ralf MacLean manchmal, war es auch die Hierarchie, die ihn in seinen Jahren bei der Polizei gestört hatten.

„Berichten Sie mal", sagte der Oberstleutnant, der sein Barrett auf dem Tisch abgelegt hatte. In MacLean erwachte der Widerspruchsgeist. Er schüttelte den Kopf: „Tut mir leid, über die Belange meiner Mandanten darf ich keine Auskunft geben." Das Wort Mandanten benutzte er sonst nie. Er hatte erwartet, dass sich Grote damit nicht zufrieden geben würde. Der Schnauzbart gab ihm einen freundlichen Ausdruck, der aber ganz schnell wieder verschwand, wenn es ernst war. Und es war ihm sehr ernst. „Hören Sie mal zu, Sie Clown! Ich kenne hier ein paar Kameraden, die zwar bestimmt nicht zur Gewalt neigen, aber mir noch einen Gefallen schulden. Die würden Sie sicher überreden können." MacLean gab noch nicht auf: „Muss ich das als Drohung verstehen?" „Keineswegs, ich bin ein friedfertiger Mann." Das Lächeln unter dem Schnauzbart war ironisch. Grote versuchte es nochmal freundlich: „Wir können aber auch meine Ex-Frau anrufen. Die ist doch wohl Ihre Mandantin. Sie wird es Ihnen erlauben, mit mir zu sprechen." MacLean gab auf: „Was wollen Sie wissen?" „Alles."

Also erzählte der Ermittler alles, was er wusste und was er bisher ermittelt hatte. Grote lachte hämisch, als MacLean geendet hatte: „Das war's? Viel ist es ja nicht. Vielleicht sollte ich mich bei meiner Truppe mal umhören, ob sich da jemand mit solchen Fällen auskennt. Wir haben viele Spezialisten." „Militärpolizei?" „Zum Beispiel." Das konnte MacLean nicht zulassen. Polizei würde auffallen, auch die der Bundeswehr. Das sagte er auch Grote. Der grübelte und stand dann ruckartig auf.

„Ganz offen gesagt: Ich bin nicht überzeugt, dass Sie der Sache hier gewachsen sind, MacLean." Man merkte Grote wieder an, dass er es gewöhnt war, im Kommandoton zu sprechen. „Aber eine andere Wahl habe ich wohl zurzeit nicht, also müssen wir es versuchen. Wenn ich helfen kann, sagen Sie Bescheid, verstanden?" MacLean nickte, dann schoss ihm ein Gedanke durch den Kopf.

„Ich bin zwar relativ sicher, dass die Kinder in einem Keller eingeschlossen sind", begann er, „aber es ist immerhin nicht ganz auszuschließen, dass sie irgendwo in einem Wald festgehalten werden. Das ließe sich aber sicher von einem Hubschrauber aus feststellen. Hier in Fritzlar stehen doch etliche davon. Könnten Sie das nicht irgendwie organisieren?" Der Soldat dachte nicht lange nach, sondern antwortete mit einem knappen: „Wird gemacht!" MacLean bat ihn noch, die Sache nicht an die große Glocke zu hängen. Vielleicht ließ es sich irgendwie als Übung tarnen. Jeder Mitwisser bedeutete eine Gefahr.

„In Ordnung", sagte Grote schließlich, während er das Barrett auf seinem Kopf in die richtige Position brachte. Er knallte eine Visitenkarte auf den Schreibtisch. „Ich erwarte alle zwei Tage Ihren Anruf. Ich will, dass Sie regelmäßig bei mir Meldung machen! Verstanden, Mann?" MacLeans Widerspruchsgeist war noch nicht ganz erloschen „Mal sehen", murmelte er, während Oberstleutnant Wolfgang Grote strammen Schrittes den Laden verließ. Aber MacLean wusste, er würde tatsächlich alle zwei Tage Meldung machen.

Angst vor Rosenmontag

Es hatte Tage gedauert, bis Natalie und Jannik sich von dem Moment erholt hatten, an dem sie überzeugt gewesen waren, sie würden nun freikommen. Doch das gemeinsame Bangen, die gemeinsame Angst und die gemeinsame Enttäuschung hatten sie noch stärker zusammengeschweißt. Es war ein Ritual geworden, dass sie sich jeden Abend vor dem Schlafengehen und jeden Morgen nach dem Aufwachen gegenseitig diesen magisch gewordenen Satz sagten: „Die machen uns nicht kaputt."

Seit sie diesen Vorsatz gefasst hatten, hatten sie nicht einen Krümel vom Essen übrig gelassen und nicht einen Schluck Milch und Wasser im Glas gelassen. Jannik hatte das seltsame Gefühl, dass er mit jedem Tag ein Stückchen stärker wurde und er versuchte, Natalie davon etwas abzugeben. So gab es Stunden, ja manchmal ganze Tage voller Hoffnung; ohne dass die Kinder hätten erklären können, woher sie kam.

Doch es gab auch Rückschläge, besonders, wenn sie die Gespräche der Entführer durch die Tür belauschten, wie sie es sich angewöhnt hatten. Immer, wenn sie draußen ein Geräusch hörten, schlich eines der beiden Kinder zur Tür und presste sein Ohr so dicht an das Holz, wie es nur ging. Hinterher berichtete der eine dem anderen, was er gehört hatte. Schnell stellten sie fest, dass tagsüber nie Gespräche stattfanden. Wahrscheinlich war den Entführern am Tag die Gefahr zu groß, entdeckt zu werden. Irgendwo in der Nähe mussten also Menschen sein, dachten die Kinder.

In den Nächten war es anders. Wenn durch den kleinen Lichtschacht zu erkennen war, dass es draußen dunkel wurde, kamen wieder Schritte, es gab etwas zu essen, aber die Schritte entfernten sich nicht. An den Abenden wurde nach einer halben Stunde oder später die Tür wieder geöffnet. Bis dahin hatten die Kinder die leeren Teller dort abgestellt. Manchmal sahen sie nur den Arm, manchmal auch die Maske eines der Entführer. Natalie und Jannik waren sich sicher, dass es die Frau war, die für das Essen sorgte.

Manchmal aber gingen die Schritte nicht weg, und später in der Nacht war die zweite Person zu hören. Dann unterhielten sie sich draußen. An einem Abend waren die Entführer besonders gut gelaunt, sie lachten und redeten laut und fröhlich. „Dieser dämliche Detektiv", brüllte der Mann fast, „hat die Suche in den Kellern wohl aufgegeben. Ich habe ihn ein paarmal beobachtet, er hat sich ganz wichtig mit Leuten unterhalten, in seinem Laden und in der Eisdiele. Die habe ich alle noch nie gesehen." Er lachte laut. „Und dann ist er in den Zug nach Wabern gestiegen. Keine Ahnung, ob er jetzt nur noch Bahn fährt. Die Lust auf eine Fahrradtour dürfte ihm jedenfalls vergangen sein." Er lachte wieder, diesmal noch lauter als zuvor.

Dann war die Frau zu hören: „Wir dürfen uns aber nicht zu sicher fühlen, vielleicht kommt er uns doch noch auf die Spur. Wir müssen aufpassen." Doch der Mann war in seiner guten Laune nicht zu bremsen: „Nein, der kriegt uns nie. Es ist nicht mehr lange bis Rosenmontag, und der hat keinen Schimmer, wer wir sind und was wir wollen. Keinen blassen Schimmer!"

Was hatte es nur mit dem Rosenmontag auf sich, fragten sich die Kinder. Würde es das Ende ihrer Geiselhaft bedeuten? Hätten sie sich dessen sicher sein können, wäre nichts leichter gewesen, als bis dahin bei Suppe, Brot und Milch zu warten. Seit der Mann aber so schreckliche Sachen gesagt hatte wie das mit dem Finger und seit das Lösegeld nichts bewirkt hatte, trauten sie ihren eigenen Hoffnungen nicht mehr. Außerdem hallte in Natalies Kopf bis heute der Satz des Mannes wieder, als er gesagt hatte: „Soll das Kind doch hier unten verrecken!" Sie hatte Jannik nie davon erzählt. Damals hatte sie noch alleine in diesem muffigen Keller gesessen. So behielt sie ihr Geheimnis für sich, denn es schien ihr, als würde es dem Jungen jeden Tag ein bisschen besser gehen. Sie mussten zusammenhalten. Nein, ihr Leben würden diese Menschen ganz bestimmt nicht kaputt machen. Das würden sie ihnen einfach nicht erlauben.

Was war also, wenn der Rosenmontag verstrichen war – was auch immer er für die Entführer bedeutete? Weder Jannik, noch Natalie sprachen diesen Gedanken laut aus, weil sie den anderen schonen wollten, aber sie dachten ihn beide. Was, wenn die Entführer sie dann loswerden wollten?

Der Plan

Es war Natalie, die Jannik schließlich in einer Nacht, als die Schritte der Frau längst verklungen waren, sanft weckte. Obwohl sie ahnte, dass niemand außer ihnen beiden in der Nähe war, flüsterte sie. „Ich muss mit Dir reden." Jannik sah sie schweigend und mit schläfrigen Augen an. „Ja?" „Wir wissen nicht, was die da draußen von uns wollen. Aber sie sind sicher, dass uns hier keiner findet. Vielleicht haben sie Recht." Jannik nickte, aber er wusste noch nicht, worauf sie hinaus wollte. Mit feierlichem Ernst sagte Natalie: „Wir müssen ausbrechen." Jetzt war Jannik hellwach: „Aber wie? Durch das Fenster doch nicht?" Beide hatten an den Stäben gerüttelt und versucht, zu erkennen, wohin der Lichtschacht geht. Hoffnungslos. Selbst, wenn es ihnen gelungen wäre, die Stäbe zu öffnen, wäre es wohl kaum gelungen, darin empor zu klettern. „Wie, weiß ich noch nicht, aber wir müssen uns etwas überlegen."

Natalie und Jannik schliefen in dieser Nacht keine Minute mehr. Sie überlegten und überlegten, entwarfen Ideen und verwarfen sie wieder. Bald waren ihnen zwei Sachen klar: Erstens mussten sie durch die Tür, was nur ging, wenn sie geöffnet war. Und zweitens musste es an einem Abend passieren, an dem die Frau alleine war und ihnen das Essen in den Keller schob oder wenn sie die Teller wieder abholte.

Zwei Tage später hatten sie beschlossen, es zu wagen. Kaum war es draußen dämmrig geworden, hörten sie, wie sich die Schritte näherten und erkannten sofort, dass die Person alleine kam. Die Tür wurde geöffnet, dann wurden die wohlbekannten Teller mit drei

Scheiben Brot mit Käse und Schinken sowie zwei Gläser Milch herein geschoben. Jetzt arbeiteten die Kinder genau so, wie sie es wieder und wieder besprochen hatten, und alles geschah fast lautlos.

Natalie und Jannik hoben den Holztisch an und stellten ihn neben der Tür ab, dann trugen sie die schwere Stehlampe an die selbe Stelle. Tisch und Lampe standen so, dass die Entführerin sie nicht sehen würde, wenn sie die Tür öffnete und in den Raum sah. Ihre Brote konnten sie nicht essen, sie waren viel zu aufgeregt, nur ihre Milchgläser leerten sie mit einem Zug. Dann stellte Natalie die Teller und Gläser laut klappernd auf dem Steinboden ab, allerdings so weit von der Tür entfernt wie nie zuvor. Das Klappern musste die Frau gehört haben.

Die Kinder kauerten sich an die Wand neben dem Türrahmen und versuchten, nur leise zu atmen. Dann hörten sie das ihnen längst vertraute Geräusch, wenn sich der Schlüssel langsam im Schloss dreht. Natalie spürte jeden Herzschlag. Sie kauerte sich hinter den Tisch und sah zu Jannik herüber, der ein paar Schritte entfernt den Schaft der Stehlampe fest umklammert hielt. Dann öffnete sich die Tür, und die Frau, die die Teller etwas entfernt gesehen hatte, tat zwei Schritte in den Raum. Natalie schob den Tisch mit aller Kraft nach vorne, sodass die Frau stolperte. Dann krachte die Stehlampe auf sie nieder. Doch die Kinder hatten sich verrechnet. Ihre Hoffnung war gewesen, dass sie ohnmächtig auf dem Boden liegen würde, so wie Jannik das kürzlich im Fernsehen gesehen hatte.

Stattdessen fluchte die Frau aber und reagierte blitzschnell. Mit einem Griff hatte sie Jannik an einem Bein erwischt. Natalie stand wie angewurzelt da, aber Jannik brüllte sie an: „Lauf! Lauf weg!" Da rannte Natalie los. Sie versuchte, sich zu orientieren. Vor der Tür standen ein grober Holztisch, auf dem einige Bierflaschen lagen, und zwei Stühle. In zwei Richtungen erstreckte sich ein Gang. Natalie konnte nicht lange überlegen. Hinter sich hörte sie, wie die Frau Jannik beschimpfte. Natalie rannte nach rechts in die Dunkelheit hinein. Sie rannte und rannte, doch weit kam sie nicht, denn Dunkelheit umfing sie. Bald konnte sie sich nur noch tastend bewegen, weil sie die Hand vor Augen kaum erkannte. Doch sie ging Schritt für Schritt weiter. Einige Minuten lang hörte sie noch die Stimme der Frau, die immer wieder rief: „Wir kriegen Dich, verlass Dich drauf. Du kommst hier nicht raus!" Aber Schritte hatte sie hinter sich keine gehört.

Das Schlimmste war, dass die Frau Recht hatte. Nach kurzer Zeit war sie an eine Tür gelangt, die verschlossen war. Sie wollte nicht zu laut daran rütteln, aus Angst, sie könnte gehört werden. Aber die Tür war wirklich zu, sie bewegte sich keinen Millimeter. Also schlich Natalie vorsichtig zurück. Ihre Augen hatten sich ein wenig an die Dunkelheit gewöhnt, aber immer noch war sie ständig in Gefahr, zu stolpern, weil sie nicht sah, was auf dem Boden lag. Dann ertastete sie wieder einen Türgriff und drückte ihn. Die Tür knarrte, und sie ließ sich öffnen.

Natalie war in einem Raum angekommen, der ihrem Gefängnis sehr ähnlich war. Er war ungefähr genauso groß, ebenfalls mit einem Lichtschachtfenster versehen, das allerdings nicht vergittert war. Der Raum stand voller alter Möbel und Kisten. Einen zweiten Ausgang gab es nicht. Ihre einzige Chance war es, zu warten. Natalie kroch zwischen zwei Kisten, wo sie nicht gesehen werden konnte. Es war still, beängstigend still. Und es war sehr kalt in dieser Nacht.

Im Versteck

Irgendwann musste sie trotz ihrer Angst eingeschlafen sein. Als sie aufwachte, merkte sie, wie unbequem sie gelegen hatte, weil ihr Nacken schmerzte. Es drang kaum Licht herein, es war also noch Nacht. Ein Geräusch hatte sie geweckt. Jetzt hörte Natalie Stimmen. Der Mann war gekommen, nun waren beide Entführer wieder zusammen. Der Mann fluchte so laut, dass Natalie ihn in ihrem Versteck deutlich hörte. „Verdammt, warum hast Du denn nicht aufgepasst?", brüllte er die Frau an. „Damit habe ich nicht gerechnet", schrie sie zurück. „Naja, immerhin hast Du den Jungen nicht auch noch abhauen lassen. Dann lass uns die kleine Schlampe suchen. Weit kann sie ja nicht sein."

Natalie hörte die beiden Stimmen und Schritte, die langsam näher kamen. Offenbar gab es hier unten doch noch mehr Räume, denn immer wieder hörte sie Türen, die geöffnet wurden. Dann wurden die Stimmen dumpfer und leiser. Doch schließlich kamen sie wieder näher. Hier zwischen den Kisten würden sie sie schnell finden. In Panik sah Natalie sich um: Außer den vielen Kartons und Kisten standen hier wirklich nur ein paar Möbel herum.

Dann hörte sie, wie die Tür zu ihrem Raum geöffnet wurde. Der Schein einer Taschenlampe strich über die Wand, Natalie wagte es nicht zu atmen. Sie hielt die Luft an. „Scheiße, noch so ein Keller!" Jetzt war die Stimme des Mannes ganz nah: „Wie viele davon gibt es eigentlich noch?" Dann zitterte die Kiste, neben der Natalie gesessen hatte. Der Mann mit der Clownsmaske hatte mit Wucht dagegen getreten. Da krachte es schon erneut, ein Karton flog durch den Raum. Systematisch trat er gegen die Kartons, einen nach dem anderen, während die Frau auf der anderen Seite des Kellers die Möbel untersuchte.

„Ich habe wirklich keinen Bock, hier jeden Scheißwinkel zu durchsuchen", brüllte er plötzlich. Die Frau beruhigte ihn: „Mach Dir keine Sorgen, bald taucht sie wieder auf. Raus kann sie jedenfalls nicht, die Türen sind zu." „Dann warten wir eben, bis die Schlampe wieder auftaucht. Irgendwann wird sie ja Hunger kriegen.", antwortete er. Dann gingen sie, und Natalie hörte ihn auf dem Flur brüllen: „Und Du kontrollierst nochmal die Ausgangstüren, so einen Fehler machst Du nicht nochmal!" Die Drohung wirkte, denn einige Zeit später rief sie durch den Gang: „Raus kann sie auf keinen Fall, alles abgeschlossen." Natalies Hoffnung sank ins Bodenlose.

Sie saß im Lichtschacht des Kellers, zusammengekauert in einer Ecke. Hier war mehr Platz, als sie gedacht hatte, sie hatte problemlos hinein gepasst. Wäre es aber nicht so dunkel gewesen, hätten sie sie sofort entdeckt. Die Dunkelheit hatte sie gerettet. Über sich glaubte Natalie irgendwo Sterne zu erkennen, doch ganz sicher war sie sich da nicht. Sie lauschte in die Nacht, um zu hören, ob die Entführer noch in der Nähe waren, doch ihre Stimmen klangen entfernt. Leise richtete Natalie sich in dem Schacht auf, der etwas breiter war als sie selbst. Sie breitete die Arme aus, bis beide Hände auf der Steinwand lagen. Dann drückte sie sich mit aller Kraft hoch und suchte mit den

Füßen Halt. Sie kam ein gutes Stück höher und schob die rechte Hand aufwärts, bis sie einen kleinen Vorsprung zu fassen bekam. Dann die linke Hand und wieder die Füße. Plötzlich rutschte sie ab und kam unsanft auf. Das musste laut gewesen sein. Hoffentlich hatten sie sie nicht gehört. Natalie lauschte, doch die Stimmen der Verbrecher klangen unverändert.

Sie stellte sich wieder hin, setzte die Hände erneut an und drückte ihren schlanken Körper empor. Doch es half nichts. Nach zehn oder zwölf Versuchen – sie zählte nicht mit – blutete die rechte Hand, weil sie so oft am rauen Mauerstein abgerutscht war. Selbst bei ihrem höchsten Versuch hatte sie nicht einmal erkennen können, wie weit es noch an die Oberfläche war und ob es dort oben überhaupt einen Ausweg gab. Sie rollte sich im Keller zwischen zwei Kisten zusammen, doch an Schlaf war nicht zu denken. Draußen im Gang hörte sie die Verbrecher, wie sie sich unterhielten. Offenbar wollten sie die ganze Nacht hier ausharren, um darauf zu warten, dass Natalie aufgab. „Die werden unser Leben nicht kaputt machen", flüsterte sie vor sich hin, „die nicht!"

Keine Helden

Jannik weinte. Er lag auf der Matratze, den Kopf nach unten gepresst und ließ den Tränen ihren Lauf. Er hatte versagt. Hätte er nur mit der Lampe fester zugeschlagen, hätte es geklappt; da war er sich ganz sicher. Bestimmt hatte die Frau einen Schlüssel bei sich, den Schlüssel zur Freiheit. Und so war nicht einmal Natalie entkommen, jedenfalls nicht, wenn das stimmte, was die Entführer sagten, die gar keine Eile zeigten, das Mädchen zu finden. Jedenfalls saßen sie vor seiner Tür und unterhielten sich lautstark.

Und doch hoffte er auf das Mädchen, das er erst seit ihrer gemeinsamen Gefangenschaft richtig kannte. Vorher hatte er immer gedacht, Natalie mit ihren komischen Comicmäusen und dem ganzen rosa Zeug wäre nur so ein doofes Mädchen wie jedes andere. Okay, das mit dem Kinderprinzenpaar, das hätte schon geklappt. Dafür mussten sie ja nicht dicke Freunde sein, das hatte Kevin im Karnevalsverein jedenfalls auch gesagt. Und der war vergangenes Jahr Kinderprinz gewesen. Doch in den Tagen in diesem dunklen Keller hatten sie sich aneinander gewöhnt. Jannik hatte gemerkt, dass er sich auf sie verlassen konnte, er hatte begonnen, ihre Geschichten zu lieben, die sie am Abend erzählte, und er hatte sich gefreut, wenn sie über seine dummen Sprüche lachte. So, dachte er manchmal, musste es sein, wenn man eine Schwester hatte.

Und nun war dieses Mädchen, das er für doof gehalten hatte, seine einzige Hoffnung. Vielleicht hatte sie es doch geschafft und einen Weg in die Freiheit gefunden. Jannik malte sich das Bild in allen Einzelheiten aus. Er würde durch den Lichtschacht sehen, wie die Dunkelheit von Blaulichtern erhellt würde. Doch die Entführer würden nichts mitbekommen, bis zu dem Moment, in dem ein Poltern das Gewölbe erschütterte, weil Polizisten den Keller stürmten. Er würde draußen den Tumult hören und die Schreie: „Polizei! Hände hoch! Beine auseinander!" Er würde belauschen, wie die Entführer kleinlaut um Gnade winselten, eine männliche Stimme ihnen aber nur kühl mitteilte: „Sie sind festgenommen!"

Die Polizeihelden aus Janniks Vision würden sich nicht einmal die Mühe machen, die Entführer nach dem Schlüssel zu fragen. Sie würden einfach die schwere Holztür eintreten. Dann würden schwarz vermummte Männer mit schweren Waffen hinein stürmen und den Keller sichern, so wie im Film. Sie würden erkennen, dass Jannik ganz alleine hier saß und sofort ihre Masken abnehmen. Der Mann vor ihm würde lächeln und sagen: „Ich bin Hauptkommissar Köster. Herzlich willkommen in der Freiheit, Jannik." Oder so etwas Ähnliches. Dann wäre Natalie plötzlich da und neben ihr stünde seine Mutter.

Jannik öffnete die Augen wieder und spähte in Richtung Lichtschacht: keine Spur eines Blaulichts. Es sah nicht danach aus, als wäre Natalie entkommen. Wenn es eine Chance für sie gegeben hätte, säßen die Entführer nicht in aller Ruhe im Gang und warteten. Sie mussten sich sehr sicher sein.

Immerhin hatten sie sie noch nicht gefunden. Jannik hatte Angst vor dem hoffnungslosen Gesicht des Mädchens und vor den Vorwürfen, die sie ihm bestimmt machen würde. Da war es ihm lieber, geschlagen zu werden, so wie die Frau es getan hatte, nachdem sie ihn überwältigt hatte. Sie hatte ihn am Bein erwischt und an sich gezogen. Dadurch war er zu Boden gestürzt und wurde von ihr gepackt und auf die Matratze geworfen. Bevor sie ging, holte sie aus und verpasste ihm eine Ohrfeige, die er noch jetzt zu spüren glaubte.

Plötzlich wurde der Schlüssel gedreht, und die beiden mit den Clownsmasken kamen herein. Der Mann griff ihn an den Armen und sagte: „Komm mit, ich habe jetzt genug von dem Versteckspiel!" Dann schleppte er ihn in den Flur und setzte ihn mitten auf den Holztisch.

Ohne Widerstand

Natalie war hellwach. Sie hatte auf jedes Geräusch im Flur gehört und hatte versucht, das Gespräch der Verbrecher zu belauschen, was ihr nur bei einigen Satzfetzen gelungen war, weil die Wände zu viele Worte verschluckten. Doch jetzt war es plötzlich unruhig geworden. Schritte und eine Tür hörte sie, irgendetwas war im Gange.

Dann brüllte der Mann plötzlich durch den Gang. „Das Versteckspiel ist jetzt beendet!" Natalie lief es kalt den Rücken hinunter. „Vor mir sitzt der kleine Jannik, und ich werde ihn jetzt so lange schlagen, bis du hier auftauchst, Natalie!" Das Mädchen bemerkte, dass es draußen heller wurde, erste Morgenstrahlen drängten durch den Lichtschacht. Dann hallte ein klatschendes Geräusch und Janniks Schrei durch das Gewölbe. Es war das furchtbarste Geräusch, das Natalie jemals gehört hatte. Sie war schuld daran, dass Jannik leiden musste. Sie allein konnte es stoppen.

Stocksteif kauerte sie zwischen den Kisten, als der zweite Schlag den Jungen traf und der zweite Schrei durch die Gänge schallte. „Komm nicht!", rief Jannik, als er schon wieder geschlagen wurde. Natalie stiegen Tränen in die Augen, sie bewunderte diesen Jungen, der schon in den vergangenen Tagen so viel Stärke ausgestrahlt hatte. Dann schrie er wieder.

Langsam stand Natalie auf und ging zur Tür. Sie trat auf den Gang und sah in der Ferne die beiden Entführer mit Jannik. „Ihr werdet unser Leben nicht kaputt machen!", brüllte sie. Der Mann mit der Clownsmaske lachte und ließ von dem Jungen ab. „Soso", höhnte er und wartete geduldig, bis Natalie vor ihm stand. Dann sah sie, wie er die Hand hob. Der nächste Schlag traf das Mädchen. Die Wange schmerzte, sie war sich sicher, dass sie sich rot verfärbte. Aber sie wollte nicht weinen. Sie sah dem Clown direkt in die Augen oder dorthin, wo sie die Augen hinter der Maske vermutete.

Ohne Widerstand gingen Jannik und Natalie zurück in ihre Zelle.

Todesangst

Erst als die Tür wieder zu war, fielen sie sich in die Arme. Natalies Tränen liefen auf Janniks Pullover und seine Tränen auf ihren. „Es tut mir leid", schluchzte Jannik, „ich hätte fester zuschlagen müssen. Ich dachte, es reicht." Doch Natalie strich ihm vorsichtig übers Haar und tröstete ihn: „Du hast alles richtig gemacht. Alles. Vielleicht war unser Plan doch nicht so gut, aber es hätte klappen können."

Dann erzählte sie dem Jungen in allen Einzelheiten von ihrer Flucht durch die Gewölbe und wie sie sich im Keller versteckt hatte. Sie berichtete ihm auch von ihrem vergeblichen Versuch, durch den Lichtschacht zu klettern. Beiden Kindern war klar, dass sie auch aus ihrem Keller nicht entkommen konnten. Selbst, wenn es ihnen gelungen wäre, die Gitter aus der Verankerung zu lösen – und das hatten sie viele Stunden lang versucht – hätten sie niemals den Ausgang des Schachtes erreicht, auch nicht zu zweit.

Plötzlich ging die Tür wieder auf. Der Mann mit der Maske kam herein, alleine diesmal. „Eines muss euch klar sein", sagte er mit drohender Stimme und spürbarer Aggression, „wenn Ihr so etwas noch ein einziges Mal versucht, seid Ihr tot. Mausetot." Er machte eine Sprechpause und sah in die Gesichter der Kinder: „Das Geld von Euren Eltern haben wir längst, und nächsten Montag haben wir unser letztes Ziel auch noch erreicht: Es wird in diesem Jahr keinen Karneval in Fritzlar geben." Er lachte. „Dann brauchen wir Euch nicht mehr. Wenn Ihr euch noch ein paar Scherze dieser Art erlaubt, lassen wir Euch einfach hier unten sitzen. Mal sehen, wie lange Ihr es ohne Wasser und Brot aushaltet."

Die Kinder ahnten, dass es nicht bei der Strafpredigt bleiben würde. Jannik hatte schon am eigenen Leib erlebt, wie gewalttätig der Entführer war. „Und das ist für den Scheiß eben!", schrie er die Kinder an und holte mit der flachen Hand aus. Jannik und Natalie mussten nacheinander zwei Schläge einstecken. Sie rührten sich kaum von der Stelle. So viel sie eben und in den vergangenen Wochen geweint hatten, so wichtig war es ihnen, jetzt die Fassung zu bewahren. Ohne eine einzige Träne zu vergießen ertrugen sie die Schläge und warteten, bis der Entführer gegangen war. Erst dann übermannte sie die Angst. Todesangst.

Vor der Mauer

Auch für Ralf MacLean war es eine Nacht ohne Schlaf. Er hatte sich am Abend an seinen Schreibtisch gesetzt, sich eine Tasse Tee aufgebrüht und damit begonnen, sich Gedanken zu machen. Er tat das, was er immer tat, wenn er nicht weiter kam: Der Detektiv beschrieb mehrere leere Blätter Papier mit allem, was bisher geschehen war und welche Spuren er verfolgt hatte.

Dann breitete er die Blätter mit den Stichworten wie „Joe", „Carstens Unfall", „Natalies Eltern", „Janniks Mutter", „Keller", „Geldübergabe" und „Martens" auf dem Tisch aus. Im Überblick sah die Lage schlecht aus. MacLean hatte schon ein paar Fälle in seinem Leben gelöst, aber noch nie war er so vielen falschen Spuren gefolgt. Und vor allem hatte er noch nie so viel Zeit in eine Fährte investiert, die zu nichts führte, wie in die des Unfalls.

Doch ganz so unzufrieden war er damit dann doch nicht. Trotz der Zeitverschwendung war es wichtig gewesen, Freytag zu finden und die dilettantische Erpressung zu stoppen. Was aber noch wichtiger war: MacLean hatte die Wahrheit über den Unfall ans Licht gebracht. Obwohl er sich nicht sicher war, ob die neuen Erkenntnisse irgendjemanden weiterbringen würden, war er ein bisschen stolz auf sich.

Das hielt allerdings nur sehr kurz an, denn MacLeans Blick fiel auf die zwei Bilder, die seit Wochen auf dem Schreibtisch lagen. Das eine zeigte ein Mädchen mit einem Pferdeschwanz auf einer Kinderschaukel, das freundlich in die Kamera lächelte. Jannik war mit einem Fußball unter dem Arm fotografiert worden, in kurzer Hose und mit einem gelben Trikot von Borussia Dortmund, das mit Schlammspritzern übersät war. Darum ging es und nicht um einen Unfall, der Jahre zurücklag. Es ging um das Leben dieser beiden Kinder.

MacLean fühlte sich wie vor einer riesigen Mauer. Es gelang ihm nicht, sie zu überwinden; er ahnte noch nicht einmal, wie hoch und breit sie war. Die entscheidende Frage war offen: Wer könnte wollen, dass der Rosenmontagszug abgesagt wird? Er hatte wirklich nicht geglänzt in diesem Fall. Er war ständig auf dem Holzweg gewesen, und die Kinder saßen nach wie vor in ihrem Gefängnis. In ihrem Keller, genauer gesagt, denn immerhin diese Idee, da war MacLean sich ziemlich sicher, musste richtig sein. Obwohl sich dann natürlich die Frage aufdrängte, warum sie sie noch nicht gefunden hatten. Wie viele Keller gab es denn noch? Oder waren die Kinder am Ende doch gar nicht mehr in der alten Domstadt Fritzlar?

MacLean goss sich ein viel zu großes Glas Glenmorangie ein und fischte eine Del-Amitri-CD aus dem Regal. Er schüttete den Whisky die Kehle herab und drehte dann voll auf. Die Band sang: „Nothing ever happens."

Der Flug des Tigers

Die beiden Soldaten standen plötzlich im Laden. Angemeldet hatten sie sich nicht. Vor der Tür von MacLeans Laden stand ein dunkelblauer Wagen, denn die Bundeswehr fuhr längst nicht mehr nur olivgrün. „Wir sollen Sie abholen", sagte der Größere. Während der

Fahrt, die MacLean im Fond des Wagens verbrachte, sprachen die beiden kein Wort. Sie lenkten den Wagen durch die Stadt bis zum Eingangstor der Georg-Friedrich-Kaserne. Sie wurden offenbar erwartet, denn MacLean musste nicht einmal, wie sonst üblich, seinen Ausweis hinterlegen. Der Soldat am Steuer wechselte ein paar Worte mit dem Wachhabenden, dann trat dieser einen Schritt zurück, salutierte, und die Schranke hob sich.

Der Wagen bog nach rechts ab und kam nach einigen Minuten vor einem modernen, rechteckigen Bauwerk zu stehen, das größtenteils in schwarz-weiß gehalten war. „Das Simulatorgebäude. Wir sind da", sagte der Soldat, der rechts saß, knapp und stieg aus. MacLean folgte ihm, während der andere Uniformierte im Wagen blieb, durch die Sicherheitsschleuse in das Gebäude. Weiße Flure, weiße Türen und immer wieder Fotos von Hubschraubern verschiedener Bauart im Flug und auf dem Boden.

MacLean musste sich beeilen, um mit seinem Begleiter Schritt zu halten. In den Fahrstuhl, um ein paar Ecken, schließlich erreichten sie eine Art Seminarraum, in dem Stuhlreihen standen. Ein Beamer war bereits eingeschaltet, am dazugehörigen Computer stand ein weiterer Soldat. Ansonsten war der Raum leer. MacLeans Begleiter setzte sich auf einen Stuhl in der ersten Reihe und bedeutete ihm, das auch zu tun. Als der Soldat am Beamer zu sprechen begann, hätte der Detektiv beinahe gelacht, denn der Mann sagte: „Eins vorweg: Offiziell hat dieses Treffen nie stattgefunden." Das klang wie in einem schlechten Agentenfilm, erklärte aber, warum niemand MacLean nach seinem Ausweis gefragt hatte. Aus Sicht der Bundeswehr war er gar nicht hier. „Schließlich können wir hier nicht für Privatpersonen irgendwelche Suchaktionen durchführen." Eine Antwort erwartete er offenbar nicht, also schwieg MacLean. Nun startete der Soldat per Mausklick einen Film, der auf der Leinwand an der Kopfseite des Raumes aufleuchtete. „Das ist der Blick aus dem Cockpit. Der Pilot bekommt in sein Blickfeld wichtige Daten eingeblendet, zum Beispiel die Flughöhe und die Geschwindigkeit." Er deutete auf Zahlen am Rand des Filmbildes.

„Wir sind mit dem Kampfhubschrauber Tiger alle wichtigen Waldgebiete rund um Fritzlar abgeflogen", erläuterte er weiter, „Mit

Wärmebildkameras lassen sich Menschen auch in der Nacht und aus großer Höhe erkennen." Auf der Leinwand bewegte sich mitten im Wald eine leuchtende Silhouette vorsichtig von links nach rechts. Dann erkannte MacLean, dass es sogar drei Objekte waren, die durchs Unterholz schlichen. Doch der Kommentar des Soldaten holte ihn wieder auf den Boden der Tatsachen zurück: „Das zum Beispiel sind drei Wildschweine. Wären auf dem Teller sicherlich schöner anzusehen." Nur er selbst lachte über den Witz.

Überraschend plötzlich drückte er er auf eine Taste am Rechner. Das Bild erstarb, und das Licht im Raum ging wieder an. „Resultat: null! Wir haben nichts gefunden! Nichts, was Sie interessieren könnte. Es tut mir leid." Das war für seine Verhältnisse fast ein Emotionsausbruch. MacLean stand auf und drückte dem hoch gewachsenen Soldaten die Hand: „Vielen Dank." - „Wofür? Schließlich hat all das hier nie stattgefunden." Jetzt musste er selbst ein wenig lächeln. Vor dem Simulatorgebäude wartete der zweite Soldat im Wagen auf MacLean.

Die Namenliste

Am nächsten Morgen saß MacLean völlig übermüdet in seinem Büro und empfing Martens zum verabredeten Gespräch. Selbst ein großer Pott tiefschwarzer Kaffee hatte den Detektiv nicht wirklich wach werden lassen. Es war völlig sinnlos, Martens irgendetwas vorzumachen, hatte MacLean sich überlegt. So ging er mit ihm nochmal durch, was er bisher herausgefunden hatte und vor allem, wo überall er nichts herausgefunden hatte; jedenfalls nichts, was Natalie und Jannik half.

„Ich sage es Ihnen ganz offen", schloss MacLean seinen Bericht, „wir haben so gut wie nichts in der Hand." Martens wusste das längst, dennoch sah er schockiert aus. Er schwieg lange und sagte dann leise: „Dann müssen wir den Umzug wohl endgültig absagen." MacLean überlegte: „Vielleicht haben Sie Recht, obwohl ich glaube, dass wir sie bis dahin haben könnten." Jetzt wurde Martens pampig, was MacLean gut verstand. „Sie haben mir gerade erzählt, dass Sie nichts in der Hand haben, und jetzt erklären Sie mir, dass sie die Verbrecher in ein paar Tagen geschnappt haben wollen. Das versuchen Sie jetzt schon länger als drei Monate. Wie kommen Sie also jetzt auf dieses schmale Brett?" MacLean wusste, auf welch dünnem Eis er sich bewegte, doch es gab kein Zurück mehr: „Ich habe da so ein Gefühl." „Ein Gefühl also. Und wenn Ihr Gefühl Sie täuscht, sterben die Kinder, oder was?" MacLean sah ihm fest in die Augen: „Wenn Sie wollen, sagen Sie ab."

Martens vergrub den Kopf in seinen Händen: „Das wäre das Aus. Wenn wir den großen Rosenmontagszug einmal streichen, dann werden wir so schnell nicht wieder 30.000 Leute nach Fritzlar bekommen. Vielleicht ist der Karneval in Fritzlar dann für immer tot. Der Verein..." Martens nahm seine Brille ab und fuhr sich mit dem Handrücken über die Augen. Er sah der Vernichtung seines Lebenswerks ins Auge.

„Nein, wir ziehen das durch!", entschied MacLean, der Mitleid fühlte. „Wir ziehen es durch. Stellen Sie den Zug auf. Sollten wir die Kinder bis zum Start nicht haben, sagen wir kurzfristig ab!" Martens zögerte: „Und die Entführer?" „Die sind sowieso schon nervös. Je mehr Zeit verstreicht, desto gefährlicher für die Kinder. Wir setzen sie unter Druck." Martens reichte MacLean die Hand, zum Zeichen, dass er einverstanden war: „Hoffentlich klappt es diesmal."

„Und nun", sagte MacLean, „müssen wir nochmal über Sie reden." Martens stutzte, doch als Präsident der Domstadt-Narren war er ein Hauptrepräsentant des Karnevals. Vielleicht gab es außer der Geschichte von Carstens Unfall noch etwas. Hatte er Feinde, Probleme, Geldsorgen? MacLean klopfte alles ab, was ihm einfiel. Am Abend kannte er den Präsidenten vielleicht besser als der sich selbst. Er hatte einen Stapel Notizen über Martens und über die gesamte Führungsriege des Vereins: Vizepräsident, Sitzungspräsident, Trainer der Garden, Tanzmariechen, das Prinzenpaar und so weiter.

Am Abend saßen MacLean und Martens mit einer langen Namensliste am Telefon. Es war der Mittwoch vor Rosenmontag, viel Zeit blieb nicht mehr. Martens machte mit allen Karnevalisten in herausragender Position Termine aus, erzählte etwas von der Planung für den Zug, und dass er einen schottischen Freund mitbringen würde, der sich für den Karneval interessiere.

Der Schatzmeister

Am Donnerstag saßen sie um 8 Uhr in der ersten Wohnung, der von Vereins-Schatzmeisters Karl Meilinger. Er hatte eine kleine Wohnung im ersten Stock eines Mehrfamilienhauses in der Nähe der Fritzlarer Anne-Frank-Schule. Meilinger hatte Martens freudig begrüßt und MacLean skeptisch gemustert. Der dickliche Mann jenseits der 60, der eine fast vollständige Glatze hatte, hatte die beiden Besucher in die Küche gebeten. Dort saßen sie nun an einem kleinen Tisch aus Furnier mit einer geblümten Stick-Tischdecke, die zum 70er-Jahre-Dekor der Küche überhaupt nicht passte. Meilinger füllte Martens und MacLean schweigend und ungefragt Kaffee in die Tassen. Er kramte im Küchenschrank, fand eine Packung mit Butterkeksen, stapelte sie auf einer Untertasse des selben Geschirrs und stellte diese auf den Tisch.

Martens begann: „Karl, Herr MacLean ist kein Freund, der sich für unseren Verein interessiert, er ist ein Privatdetektiv." MacLean sah, wie Meilinger zu schwitzen begann. „Ich hatte mir schon so was gedacht", sagte der Schatzmeister plötzlich, stand auf und verschwand im Nachbarzimmer. Martens und MacLean sahen sich verwundert an und warteten ab. Sie hörten, wie Meilinger im Nebenzimmer kramte und immer wieder Flüche ausstieß wie: „Verdammt, wo ist denn das Zeug von 2007?" Als MacLeans Kaffee längst kalt geworden war, tauchte der Mann im gelb-grau gestreiften Polohemd wieder auf, mit einem Haufen Papiere in der Hand. Er ließ sie effektvoll auf den Tisch fallen und sah in erstaunte Gesichter.

„Was sollen wir denn damit, Karl?", fragte Martens. „Ich dachte, Ihr wolltet Euch einen Gesamtüberblick machen, ob so etwas vielleicht schon öfter vorgekommen ist." Martens zuckte mit den Schultern. „Ich weiß, dass man immer sofort auf mich kommt, aber ich habe das Geld wirklich nicht genommen." Martens und MacLean reagierten immer noch nicht. „Dann erzähle ich einfach, was ich schon weiß", begann Meilinger schließlich, während Schweißperlen auf seine Stirn traten. „Wir hatten ja nur deswegen so viel Geld auf dem Konto, weil wir uns ein neues Vereinsheim bauen wollen, da waren schon Spenden und Zuschüsse dabei. Als der Kontoauszug kam, sah ich es natürlich sofort. Ich bin dann gleich zur Bank, um nachzufragen." MacLean unterbrach ihn: „Was haben Sie sofort gesehen?" „Was? Na eben, dass 100.000 Euro weg sind."

Meilinger sprach jetzt Martens an: „Letztes Jahr hattest Du ja schon mal die 75.000 kurz abgehoben, weil Du sie für eine Notlage brauchtest. Streng genommen war das ja auch nicht legal, aber Du hast es ja dann schnell wieder zurückgezahlt. Muss keiner merken, wir sind ja Freunde, habe ich gedacht. Und jetzt plötzlich 100.000!" Meilinger atmete schwer. „Warum hast Du nicht einfach bei mir nachgefragt?", wollte Martens wissen. „Ich musste wissen, was wirklich dahinter steckt, immerhin bin ich der Schatzmeister und trage die Verantwortung. Also war ich vor zwei Tagen bei der Bank, und die haben gesagt, Du wärst das gewesen, Du hättest das Geld genommen. Sie waren sich ganz sicher." „Und Du hast mich trotzdem nicht informiert?" „Ich hatte Angst, mir würde keiner glauben, immerhin bist Du der Präsident. Vielleicht glauben Sie mir, Herr Detektiv. Ich habe das Geld nicht, Karl-Heinz Martens muss es haben. Ich verstehe nicht, warum er Sie jetzt auf mich ansetzt, ich bin wirklich unschuldig."

MacLean antwortete: „Ich bin nicht auf Sie angesetzt und niemand denkt, dass Sie Geld genommen haben. Ich weiß, dass Herr Martens es abgehoben hat." Meilinger hatte beim ersten Satz aufgeatmet, doch Zweifel standen immer noch in sein Gesicht geschrieben. Vielleicht dachte er jetzt, dass Martens und MacLean gemeinsam irgendeine krumme Geschichte aussheckten, sich das Geld einsteckten und Meilinger als Schuldigen dastehen lassen wollten. MacLeans nächster Satz sorgte dafür, dass Meilingers Gesichtsausdruck sich veränderte, aber erneut mit Sorgenfalten übersät war: „Die Domstadt-Narren werden erpresst."

MacLean erzählte jetzt vom Lösegeld, sagte aber nichts von der

Entführung, sondern erklärte Meilinger, jemand plane ein Attentat auf den Karneval und sie müssten den Täter rechtzeitig vor Montag finden. Dann quetschte er Meilinger Stück für Stück aus. Ungefährlich war das Vorgehen nicht, das war MacLean klar. Sollte einer der Befragten der Täter sein, würde das den Druck nur noch erhöhen. Und die Entführer waren schon mehrfach ausgerastet.

Meilinger überlegte, ging im Geiste Freunde, Bekannte, Klubkameraden und ehemalige Arbeitskollegen – er war Rentner – durch, doch ihm fiel nichts ein. „Höchstens der Meier von unten!", sagte er nach langer Bedenkzeit, „Der hat sich mal beschwert, als ich ‚Mainz bleibt Mainz' am Aschermittwoch auf Video geguckt habe und den Fernseher wohl zu laut laufen hatte. Hat nichts für Karneval übrig, der alte Knabe, sonst ist er aber in Ordnung." MacLean hakte ein: „Der alte Knabe? Meinen Sie, der könnte den Karneval in Gefahr bringen?" Jetzt musste Meilinger lachen: „Meier den Karneval in Gefahr bringen? Er sitzt im Rollstuhl" Damit schied er als Entführer endgültig aus. Von einem Rollstuhlfahrer war MacLean jedenfalls nicht vom Fahrrad geholt worden.

Der Gesprächsmarathon

MacLean schlief kaum noch in diesen Tagen. Vom frühen Morgen bis zum Abend führte er mit Martens im Schlepptau Gespräche, während Fauth auf eigene Faust die übrigen Keller abklapperte. Die Abende verbrachte der Detektiv damit, seine Notizen zu sichten, zu sortieren und sich abwechselnd mit Fauth und Martens zu besprechen. Zwei zerbrochene Familien, ein Elferrat mit Geldsorgen, ein Arbeitgeber, der gerade zwei Mitarbeitern gekündigte hatte, es gab ein paar Konflikte, die ans Licht kamen. Doch einer der Entlassenen hatte wieder eine Stelle, der andere war selbst an der Organisation des Zuges beteiligt und galt nicht als nachtragend. Die Geldsorgen hatte der Elferrat bei einer seriösen Bank, die nicht gerade mit Entführungen arbeitete. Bei den zwei kaputten Familien waren die anderen Hälften verzogen und hatten nichts mehr mit Fritzlar zu tun. Am Samstagabend hatten sie viele Namen abgehakt, ebenso alle Keller, die sie sich auf dem Plan verzeichnet hatten und waren keinen Schritt weiter gekommen. Dafür hatten sich die Entführer nochmal gemeldet. Ihre Nachricht war wie immer kurz, dafür besonders deutlich: „Sollte auch nur ein Festwagen am Marktplatz auftauchen, sterben die Kinder! Harlekin."

„Wir geben nicht auf! Jetzt nicht!" MacLean versuchte, sich selbst Mut zu machen. Fauth und Martens sahen ihn traurig an. „Wir haben nur noch morgen und den halben Montag." Doch er war nicht so optimistisch, wie er tat. Seit Monaten war er an diesem Fall dran. Alles, was er erreicht hatte, war, dass noch ein zweites Kind entführt worden war. Alle Spuren endeten im Nichts. Er sah in Gedanken schon, wie er Martens am Rosenmontag kurz vor dem Start sagte: „Es tut mir leid, wir müssen alle wieder nach Hause schicken." Wie er eine ganze Stadt, eine ganze Region enttäuschte. Sie würden den Zug absagen, das Geld übergeben und hoffentlich die Kinder frei kriegen. Dabei hatte er gerade begonnen, sich in diesem Fritzlar ein wenig wohl zu fühlen. Er dachte an Monika Lenzen, die schöne, einsame Mutter von Jannik. Dann riss er sich zusammen. Er wollte bis zur letzten Minute alles versuchen, um diesen Fall zu lösen.

Für Sonntagnachmittag war noch ein Gespräch angesetzt, mit dem amtierenden Stadtprinzenpaar Rainer und Saskia Weimann. Sie waren verreist und kamen rechtzeitig vor dem großen Umzug wieder. Wenn die wüssten, dachte MacLean. Wenn die wüssten.

Das Prinzenpaar

Erst, als MacLean das Ehepaar vor sich sah, fiel ihm wieder ein, dass er die beiden schon einmal gesehen hatte; damals auf der Rathaustreppe bei der Proklamation des Prinzenpaares. Nun saßen sie auf einem schwarzen Ledersofa in einem Haus in der Fritzlarer Weinbergsiedlung, beste Wohnlage, mit Blick durch ein Panoramafenster auf das Tal. Rainer Weimann, Anfang 40, hatte als Finanzbeamter angefangen und sich bis zum stellvertretenden Chef des Amtes hochgearbeitet. Das Haus war sichtbares Zeichen seines Aufstieges. Davon zeugte auch der Versuch, möglichst hochwertiges Design in den Räumen zu versammeln. Ganz, so schien es jedenfalls MacLean, passte es aber nicht zusammen, denn der ganze, aufgesetzte Chic strahlte doch schon wieder etwas Spießiges aus. So war auch Weimanns Brille kein gewöhnliches Modell, sondern mit eckigen, randlosen Gläsern ausgestattet. Sein grauer Schnauzbart passte nicht ins Bild.

Doch das liebste Designerstück des Hausherren war seine Frau Saskia: zehn Jahre jünger, lange blonde Haare, schlank, mit einem strahlenden Lächeln im Gesicht, wenn sie Gästen die Tür öffnete. MacLean hatte den Eindruck, Weimann nähme die Frau an seiner Seite wirklich als ein Ausstellungsstück wahr.

Der Ermittler hatte keine Zeit zu verlieren, er erzählte ohne Umschweife worum es ging. Die schöne Saskia riss die Augen auf, der beherrschte Rainer massierte sich mit Daumen und Zeigefinger das Kinn. „Die Entführer wollen den Karneval in diesem Jahr verhindern. Ich glaube, dass es eine persönliche Geschichte sein muss. Wir haben mit allen im Vorstand gesprochen. Das eigentliche Opfer sind nicht die Kinder, irgendwem soll geschadet werden. Haben Sie Feinde?"

Saskia Weimann schien aus einer Schockstarre zu erwachen, denn sie reagierte sofort. Sie sah ihren Mann an und sagte: „Deine Ex-Frau! Karen." Rainer Weimann runzelte die Stirn: „Ach was, das sind doch alte Geschichten. Ich habe seit Monaten nichts von ihr gehört." Doch MacLean interessierte die Geschichte, also ließ er Weimann erzählen.

Er hatte seine heutige Frau beim Zahnarzt kennengelernt, wo sie als Sprechstundenhilfe arbeitet, das war vor dreieinhalb Jahren. Seine Zahnbehandlung war langwierig, er musste etliche Termine wahrnehmen, und immer lächelte ihn die Schönheit am Tresen an und fragte nach seiner Krankenkassenkarte. Als die Behandlung längst vorbei war, hatte er immer noch Termine am frühen Abend. Was seine damalige Frau Karen nicht wusste: Es waren private Treffen in Saskias kleiner Wohnung in der Innenstadt. Als die Geschichte dann aufflog, war das Rainer Weimann ganz recht, denn er wollte sowieso die Scheidung. Er hatte sich nur nicht getraut, es seiner Frau zu sagen; dafür hatte er nicht genug Mumm in den Knochen.

Karen Weimann zog enttäuscht und zutiefst verbittert aus dem gemeinsamen Haus am Weinberg aus. Die Scheidung wurde eine unerfreuliche, ruppige Angelegenheit; mit dem Ergebnis, dass Weimann einen nicht gerade geringen Betrag monatlich an seine Frau zahlen musste. Er wusste, wie das alles an Karen genagt hatte: Der Mann war weg wegen einer Jüngeren, Schöneren; und damit auch das schöne Haus, das große Auto, das Ansehen, die Abende im Lions-Club und so weiter. Er bekam noch nach seiner Hochzeit mit Saskia bitterböse Briefe, aber dann trat eine Funkstille ein, die er nie von sich aus gebrochen hätte. Das war vor knapp zwei Jahren gewesen. Angeblich hatte Karen Weimann inzwischen einen neuen Partner.

Während Reiner Weimann erzählt hatte, war Saskia aus dem Zimmer gegangen. Jetzt stand sie mit einem Stapel Briefe in der Tür: „Kein Wunder, dass Du nichts mehr von ihr gehört hast. Seitdem schreibt sie nämlich mir!" Der Gesichtsausdruck der schönen Frau hatte sich verändert, jetzt war plötzlich Verbitterung in ihren Zügen zu lesen. „Du hast mir nie davon erzählt", sagte ihr Mann. „Ich wollte, dass sie endlich nicht mehr Teil unserer Ehe ist." Saskia Weimann warf den Stapel Briefe auf den gläsernen Couchtisch.

MacLean griff sich einen davon und begann zu lesen. Er ließ an Klarheit nichts zu wünschen übrig: „Du Schlampe! Das ist mein Leben! Hau endlich ab!" In diesem Stil waren die meisten Briefe gehalten. Aus ihnen sprach blanker Hass. „Liebe und Hass", murmelte MacLean vor sich hin. „Wie bitte?", fragte Weimann. „Ach, nichts." MacLean las weiter, seitenweise Beschimpfungen und Drohungen. Einer der letzten Briefe auf dem Tisch ließ MacLean zum ersten Mal seit Monaten, zum ersten Mal, seit er diesen Fall übernommen hatte, sicher glauben, auf der richtigen Spur zu sein. „Herzlichen Glückwunsch, Karnevalsprinzessin. Mein Mann und ich hätten auf der Rathaustreppe stehen sollen. Ihr werdet keine Freude daran haben!"

MacLean las laut vor und blickte das Ehepaar an. Rainer Weimann nickte: „Stimmt, Karen und ich, wir wollten immer Prinzenpaar werden. Kurz vor der Sache mit Saskia hatten wir eine Zusage bekommen. Das wurde dann verschoben, ist ja klar." „Dieser Brief war der letzte, den ich von ihr bekommen habe", ergänzte Saskia, „Ich konnte ja nicht wissen, dass sie die Kinder... Davon habe ich ja heute zum ersten Mal gehört."

Jetzt war MacLean hellwach. „Wo wohnt Ihre Ex-Frau jetzt?", fragte er den Karnevalsprinzen fast ein wenig aggressiv. Der schüttelte den Kopf: „Vielleicht im Telefonbuch. Sie hat ihren Mädchennamen wieder angenommen. Menner. Karen Menner." Jetzt wurde MacLean ungehalten: „Dann holen Sie ein Telefonbuch, wir haben keine Zeit zu verlieren." Er blätterte die Seiten durch und wurde fündig. „Menner, K." war in einer Straße in der Nähe des Pferdemarktplatzes vermerkt. Er war froh, dass er das noble Haus der Weimanns hinter sich lassen konnte, er konnte einfach keine Designermöbel mehr ertragen. Nach wenigen Minuten war er angekommen. MacLean griff sich einen leeren Whisky-Karton, den er im Kofferraum liegen hatte.

Der Hausmeister

Es war ein Haus, in dem laut Klingelschildern zwei Parteien wohnten. Auf dem oberen stand der Name, den er suchte. MacLean läutete. Einmal, zweimal, dreimal, nichts geschah. In der unteren Wohnung wurde geöffnet. Eine ältere Frau im geblümten, blauen Kittel schaute fragend durch den Türspalt. „Ich habe ein Paket für Frau Menner", behauptete MacLean und hielt den Whisky-Karton vor sich. „Sie können es mir geben", bot die Frau an. „Das ist nett, geht aber leider nicht. Ich muss die Lieferung persönlich übergeben. Vorschrift." MacLean lächelte so charmant, wie er konnte: „Aber vielleicht wissen Sie, wo ich sie finde." Die alte Frau dachte nach: „Vielleicht bei ihrem Freund. Aber wie heißt der wohl?" Sie grübelte. „Der war ja Hausmeister in der Ursulinenschule. Aber wie heißt der? Bauer, genau, Jacob Bauer." MacLean ließ sich ein Telefonbuch geben und blätterte. Tatsächlich gab es einen Jacob Bauer, in der Danziger Straße.

Und dann stand MacLean wieder mit dem Karton in der Hand vor einem Haus. Es war deutlich kleiner als das von Karen Menner, weiß verputzt, ein wenig schmuddelig an einigen Ecken. Er klingelte, auch hier nichts.

Zum Glück fand der Detektiv einen redseligen Nachbarn, der natürlich auch das Paket angenommen hätte. „Keine Ahnung, wo der ist", sagte der fast kahlköpfige Mann, der die Tür im Bademantel geöffnet hatte, „Arbeit hat er ja keine mehr. Ist rausgeflogen, wissen Sie, aus der Schule. Man weiß nicht genau, warum. Soll Kinder geschlagen haben, oder so." MacLean hakte nach: „Kennen Sie seine Freundin auch, die Frau Menner?" „Na klar, die war oft hier, in den letzten Tagen ganz oft. Die hatte ja früher den vom Finanzamt. Aber der hat eine Neue; ganz heißer Feger." MacLean unterbrach ihn unsanft, was den Glatzkopf anscheinend misstrauisch machte: „Wieso liefern Sie eigentlich heute? Am Sonntag?" „Spezialservice", behauptete MacLean und fragte nochmal, wo Jacob Bauer wohl sein könne. Doch der Nachbar fing immer wieder nur mit neuen Klatschgeschichten an. Schließlich gab der Detektiv auf.

Es wurde eine lange Nacht, in der MacLean abwechselnd vor dem Haus von Jacob Bauer und Karen Menner mit seinem Auto stand und beobachtete. Schließlich, lange nach Mitternacht, hatte er Glück; vor dem Haus in der Danziger Straße tauchte ein Wagen auf, ein VW Passat. Ein Mann und eine Frau stiegen aus und steuerten auf das Haus von Bauer zu. MacLean überlegte kurz, aus dem Auto zu springen. Aber was hätte er tun können? Sie kannten ihn und würden ihm sicher kein Sterbenswort verraten. Irgendwann, als das Licht in der ersten Etage des Hauses längst erloschen war, fielen MacLean zum ersten Mal die Augen zu. Er drehte die Wolfstone-CD lauter, aber es half nichts.

Als er erwachte, war der Rosenmontag angebrochen. Durch den Nebel mühten sich ein paar erste Sonnenstrahlen. Ein Geräusch hatte ihn geweckt, ein Motor. MacLean sah, wie der Passat mit Jacob Bauer am Steuer und Karen Menner auf dem Beifahrersitz aus der Parklücke schwenkte. Er wartete noch etwas, um nicht aufzufallen. Dann gab er Gas, doch ein seltsam knirschendes Geräusch war zu hören, der Wagen ließ sich kaum noch lenken. Während der Passat Gas gab und um die Ecke bog, stieg MacLean aus und betrachtete den Schaden. Alle vier Reifen waren sauber aufgeschlitzt worden. Sie hatten ihn bemerkt. Und er hatte sie unterschätzt.

Einsamkeit

Für die beiden Kinder war jeder Tag wie der andere. Abwechslung gab es keine. Nur die kärglichen Mahlzeiten strukturierten die Tage. In der Zwischenzeit lasen sie sich gegenseitig die Bücher vor, erzählten sich Geschichten und schliefen. Es war immer noch sehr kalt, sodass sie meistens eng aneinander gekuschelt unter den Decken ausharrten.

Seit Tagen waren die Entführer nicht mehr in der Zelle gewesen. Doch manchmal, meistens in der Nacht, hörten sie sie draußen im Flur diskutieren. Manchmal verstanden sie nur Bruchstücke, doch manchmal stritten sie auch laut. „Du willst ihnen doch nicht wirklich die Finger abschneiden!", hatte die Frau einmal gerufen, „Es sind doch noch Kinder." „Aber vielleicht hören die dann endlich auf, nach uns zu suchen, dieser verdammte Engländer und der Alte." „Sie werden uns nicht finden." „Vielleicht würde eine Fingerkuppe für Klarheit sorgen." Danach hatten Natalie und Jannik tagelang in Angst gelebt, sie waren bei jedem Geräusch hochgeschreckt, doch es war nichts geschehen.

In einer anderen Nacht hatte die Frauenstimme gefragt: „Was tun wir, wenn sie den Rosenmontagszug durchziehen?" „Vielleicht sollten wir doch endlich die Finger schicken." „Auf jeden Fall sollten wir ihnen klarmachen, dass wir die Kinder umbringen werden, wenn der Zug startet. Das werden sie glauben. Und sie werden uns bis dahin nicht finden. Sollen sie doch die Wagen aufstellen. Wenn sie dann alles absagen, trifft es meinen Ex und seine Schlampe noch mehr." Er stimmte zu: „Und am Aschermittwoch sind wir endgültig weg, mit der Kohle."

Das Kloster

Jetzt rief ihn auch noch Martens auf dem Handy an. „Ich bin jetzt sicher, wer dahinter steckt", sagte MacLean, „aber Sie sollten den

Zug absagen." Doch davon wollte Martens jetzt nichts mehr hören, er schaltete auf stur: „Ach was, Sie werden doch diese Leute finden. Fritzlar ist doch nur eine Kleinstadt. Ich muss jetzt los. Sagen Sie mir, wann wir fahren können. Oder notfalls eben auch, falls nicht. Aber vor 14 Uhr sage ich gar nichts ab."

MacLean saß in seinem Büro, Fauth hatte sich zu ihm gesellt. Vor der Tür begannen Feuerwehr und Polizei auf dem Marktplatz die ersten Barrieren aufzubauen, damit dem Rosenmontagszug kein Fußgänger vor die Räder lief. Bratwurst- und Getränkebuden wurden bestückt. Einige Verkleidete waren schon unterwegs. „Verdammt, wenn wir den Zug platzen lassen, kann das das Ende für diese alte Tradition bedeuten", moserte Fauth, was sonst gar nicht seine Art war. MacLean machte das wütend. „Was heißt, wir lassen ihn platzen? Von mir aus sollen sie doch mit ihren Pappnasen fahren, so viel sie wollen. Die lassen ihn platzen, die beiden Verrückten." „Schon gut, so war es ja nicht gemeint", lenkte Fauth ein, „lassen Sie uns alles nochmal durchgehen. Was wissen Sie über die Menner und diesen Bauer?" MacLean erzählte nochmal, was er über die Frau wusste, und über Bauer. „Und er soll Hausmeister an dieser katholischen Schule gewesen sein." „An der Ursulinenschule?" MacLean erzählte, was er über Karen Menner wusste, als Fauth sich plötzlich unvermittelt gegen die Stirn schlug. „Ursulinenschule, na klar. Das hatte ich vergessen." Er wurde hektisch: „Los, kommen Sie, und nehmen Sie ihre Waffe mit. Und eine Taschenlampe." MacLean stutzte. „Nun los, ich weiß, wo sie sein können. Das ist unsere einzige Chance. Los!", drängte der Archivar.

MacLean steckte die Waffe ein und folgte Fauth. So schnell hatte er den alten Mann noch nie auf den Beinen gesehen. Er steuerte zum Dom, rechts die abschüssige Straße hinunter. Da klingelte MacLeans Handy. Martens. „Die Hälfte der Wagen sind da. Wir stellen sie hier am Hellenweg zusammen. Wie weit sind Sie, MacLean?" Der Detektiv drückte die Taste mit dem roten Telefon und warf das Gerät kurz entschlossen in einen Vorgarten.

„Wo wollen wir eigentlich hin?", fragte er Fauth, während sie eine lange Reihe Stufen, das Ziegentreppchen, hinunter stiegen. Der Archivar antwortete keuchend, denn so viel Bewegung war er nicht gewöhnt: „Zur Ursulinenschule. Es gibt die alte Geschichte, dass ein Tunnel vom Kloster direkt bis in den Dom führt. Stimmt nicht." Fauth hielt kurz an und hielt sich stöhnend am Treppengeländer fest. „Aber es gibt einen Tunnel, vom Kloster bis zum ehemaligen Gutshof, der heute zur Schule gehört. Von dort ging es damals weiter durch den Klostergarten in die Kinderpflegerinnen-Schule. Keller, Ursulinenschule, alles passt zusammen." Sie hetzten weiter. Am Fuße der Treppen, direkt unterhalb des mächtigen Domes, erstreckte sich ein lang gezogenes Gebäude: das Kloster der Ursulinen. Über einen kleinen Hof führte Fauth den Detektiv zu einer schweren Holztür und drückte die Klingel. Nichts geschah. „Es ist keiner da!", sagte MacLean enttäuscht, doch der Archivar beruhigte ihn: „Langsam, im Kloster gehen die Uhren immer noch ein wenig anders." Und tatsächlich, nach schier endlosen Minuten wurde die Tür von innen geöffnet. Eine kleine Nonne in Tracht blickte die beiden Männer neugierig an.

MacLean war sich sicher, alleine hätte sie ihn nie hinein gelassen. Doch sie kannte natürlich Fauth. „Schwester, wir müssen dringend in die Gewölbe. Dort haben sich wahrscheinlich zwei Kinder verlaufen." Es war sicher klug, nicht gleich von Entführung zu sprechen, überlegte MacLean. „Wie sind die Kinder rein gekommen?", fragte die Schwester mit dünner Stimme. Gute Frage, doch Fauth reagierte: „Das wissen wir noch nicht." Die Nonne drückte dem Archivar einen Schlüsselbund in die Hand: „Sie kennen den Weg?" Er nickte. „Und bringen Sie mir ja die Schlüssel wieder." Sie bog in einen langen Gang ein und ging langsam ihres Weges.

Fauth war schon auf der nächsten Treppe. An jeder Tür probierte er die Schlüssel durch, bis einer passte. Schwere Türen führten sie tiefer und tiefer in den Bauch des Klosters. Irgendwann war es dunkel um sie herum. MacLeans Taschenlampe erleuchtete die engen Wände. Von dem Raum aus gingen mehrere enge Gänge in verschiedene Richtungen. MacLean legte den Finger auf den Mund und schlug eine beliebige Richtung ein. Stück für Stück gingen sie ins Dunkle, die Nerven angespannt. MacLean versuchte, etwas zu hören und blieb immer wieder lauschend stehen. Einmal glaubte er, ein Geräusch zu erkennen und wechselte die Richtung. Dann kamen sie an einer Luke an, die ans Tageslicht führte und mussten umkehren.

Feuchtigkeit lag in den Mauern. Plötzlich hörte MacLean ein Husten. Er griff Fauth am Arm und hielt inne, starr. Ein dumpfes Husten, da war es wieder. Der Detektiv knipste die Taschenlampe aus und griff nach seiner Pistole. Tastend bewegten sie sich in die Dunkelheit. Dann zerriss ein Scheppern die Stille. MacLean war über irgendetwas gestolpert. Aus der Richtung des Hustens hörte er jetzt ein scharfes „Da ist einer!", dann Schritte, die weg stürmten. MacLean knipste die Lampe an und lief los, um die nächste Ecke. Er sah zwei Gestalten in der Ferne des Ganges. „Ich schieße!", brüllte er und hoffte im selben Moment, es nicht tun zu müssen. Doch die Gestalten liefen weiter. MacLean richtete die Waffe nach oben und drückte ab. Kalk und Gestein rieselten herab.

Die beiden blieben kurz stehen, sahen sich um und rannten wieder los, MacLean hinterher. Es war schwierig, im engen, dunklen Gang zu rennen, und natürlich kannten sich die Entführer hier unten besser aus. In der Ferne sah er plötzlich einen Lichtschein, die beiden öffneten eine Tür. MacLean wusste, er würde sie nicht kriegen, wenn es ihnen gelänge, die Stahltür von außen zu schließen. Er gab alles und sah, wie der Mann und die Frau das Tageslicht erreichten. MacLean sprang ab, bekam mit einem Hechtsprung den Rand der Tür zu fassen und spürte, wie seine Hände eingeklemmt wurden. Mit aller Kraft stieß er die Hände nach vorne und, tatsächlich, die Tür bewegte sich. Mit Macht drückte er sich gegen den Stahl. Dann blendete ihn Tageslicht. Die Entführer hatten es aufgegeben, die Tür hinter sich zu schließen, als sie Widerstand spürten. Nun sprinteten sie durch einen langen nach oben offenen Gang in Richtung des alten Gutshofs. Sie rannten aus dem Gang, doch hier oben waren sie ungeschützt, die Schusslinie war frei. „Dies ist meine letzte Warnung!", brüllte MacLean in ihre Richtung. Und es wirkte. Zuerst ließ die Frau in ihrem Tempo nach und drehte sich mit hängenden Armen um. Dann kam der Mann zur Vernunft.

MacLean fühlte eher Mitleid als Triumph, als die beiden auf ihn zukamen. Karen Menner, eine geschlagene Frau, die längst wusste, dass sie verloren hatte und sich in ihren Hass auf den Ex-Mann und die neue Frau verbissen hatte. Und Jacob Bauer, der wahrscheinlich alles für diese Frau getan hätte, die eigentlich einen ganz anderen Mann haben wollte: ihren Ex. Doch für Sentimentalitäten war jetzt keine Zeit. „Wo sind die Kinder?", brüllte MacLean die beiden an. „Welche Kinder?", versuchte es Menner. „Wenn Sie jetzt nicht mit uns zusammenarbeiten, sitzen Sie garantiert noch ein paar Jahre länger." Mit hängendem Kopf zeigte die dunkelblonde Frau auf den Schacht.

Die beiden gingen zurück in die Dunkelheit, MacLean lief mit gezogener Waffe hinterher. Da rief Fauth schon aus der Ferne: „Sie sind hier! Ich habe durch die Tür mit ihnen gesprochen." Der Archivar stand vor einer Holztür mit einem Vorhängeschloss. „Schlüssel?", forderte MacLean. Jetzt fing Karen Menner an zu jammern: „Lassen Sie uns doch noch warten. Mein Mann und diese Schlampe sollen nicht beim Zug mitfahren dürfen. Warten Sie noch, bis um fünf, dann lassen wir sie frei." - Jetzt wurde es MacLean zu bunt. Er zielte auf das Schloss und ließ es mit einem Schuss aus seiner Waffe aufspringen.

Am Tageslicht

Fauth und MacLean bot sich ein ergreifendes Bild. Im dunkelfeuchten Verlies kauerten zwei Kinder auf einer Matratze. Sie waren in graue Decken gehüllt und starrten die beiden Fremden mit leeren Augen an. „Wir bringen Euch zu Euren Eltern", sagte Fauth gutmütig. „Alles ist gut", ergänzte MacLean. In diesem Moment löste sich die Anspannung von Monaten der Gefangenschaft in Tränen auf.

Es war eine seltsame Prozession, die da aus dem Untergrund kletterte. Zuerst der Detektiv mit der Pistole in der Hand, sichtlich erschöpft von seiner sportlichen Einlage. Dann Menner und Bauer, die jetzt wahrscheinlich ohnehin keine Flucht mehr gewagt hätten. Sie waren am Ende. Dann tasteten sich zwei Kinder ans Licht, das sie seit Monaten nicht mehr gesehen hatten. Jannik und Natalie blinzelten überrascht in die Sonne dieses Rosenmontags. Sie taten ihre ersten Schritte in die Freiheit langsam. Man sah ihnen an, dass sie nicht mehr als die paar Meter in ihrem Gefängnis hatten gehen können. Ihre Haut war grau und blass geworden, die Haare fettig, und um die Augen hatten sie tiefe Ringe. Als letzter kam der weißbärtige Stadtarchivar ans Licht, der den Kindern heraus geholfen hatte, erschöpft aber zufrieden.

Fauth rief mit seinem Mobiltelefon die Polizei, dann informierte er die Eltern. Martens ging nicht dran, vielleicht hörte er im Trubel der Umzugsvorbereitungen das Klingeln nicht. Stumm sahen Jannik und Natalie zu, wie die Polizisten Karen Menner und Jacob Bauer Handschellen anlegten und sie wegbrachten. Die beiden Kinder saßen auf einer Bank und hielten sich aneinander fest.

Beide sagten kein Wort, bis kurz danach ein Auto vorfuhr. Zuerst sprang Monika Lenzen aus ihrem Wagen. Sie musste schon die ganze Fahrt lang Tränen vergossen haben. Jannik sah sie ungläubig an. Er stand auf und blieb einfach stehen, unfähig, auch nur eine einzige Bewegung zu machen. Dann war seine Mutter bei ihm und riss ihn an sich. Nach der langen Umarmung wandte sie sich Natalie zu und nahm auch sie in den Arm. „Ihr tapferen beiden Kinder", sagte sie leise. In diesem Moment traf ein zweiter Wagen ein. Die Szene, die sich nun abspielte, ähnelte der ersten. Natalie stand stocksteif vor der Bank, bis ihre Eltern bei ihr waren. Dann war die ganze Kleinfamilie nur noch eine einzige Umarmung, ein Tanz, eine Freude.

MacLean sah auf die Uhr: 13.36 Uhr. Er ging auf die Kinder zu und begann vorsichtig: „Heute ist Rosenmontag. In weniger als einer halben Stunde startet der Umzug. Wahrscheinlich wollt Ihr euch jetzt nur noch ausruhen. Aber wenn Ihr doch auf dem Wagen mitfahren wollt, dann müssen wir jetzt los." - Jannik und Natalie sahen sich für einen langen Moment an, dann ging ein feines Lächeln über das Gesicht des Mädchens, das MacLean in diesem Moment an seine Mutter erinnerte: „Jannik und ich, wir haben immer gesagt, wir werden uns von denen", sie machte eine wegwerfende Handbewegung in die Richtung, in der das Polizeiauto verschwunden war, „nicht unser Leben kaputt machen lassen." Der alte Fauth hatte wieder Tränen in den Augen, als Jannik mit fester Stimme erklärte: „Wir fahren mit." MacLean sah nacheinander Monika Lenzen und die Hambachers an. Sie schienen nachzudenken, doch dann nickten auch sie.

Gemeinsam fuhren sie alle in den Hellenweg, wo Martens am ersten Wagen des Zuges nervös auf und ab tigerte, das Handy am Ohr. „Verdammt, wieso erreiche ich Sie nicht?", herrschte er MacLean an. „Das spielt jetzt keine Rolle mehr." „Keine Rolle? Ich muss wissen, ob ich den verdammten Zug absagen oder starten soll." Dann verstummte der Präsident, denn Natalie und Jannik waren aus dem Wagen gestiegen. „Keine Rolle, keine Rolle", murmelte Martens, während ihm Tränen über die Wangen liefen. „Alles spielt keine Rolle mehr", sagte er, dann griff er sein Megaphon und rief: „In fünf Minuten geht es los. Für Jannik und Natalie ein dreifach Fritzlar..." „Allewille!", brüllten die vielen Menschen auf dem Festwagen, die Musiker der Spielmannszüge und die Gardetänzerinnen zurück.

Eine halbe Stunde später saßen Fauth und MacLean in der Wohnung des Detektivs im ersten Stock und sahen dem Rosenmontagszug zu. Als der Wagen mit dem Kinderprinzenpaar auf dem Marktplatz vorfuhr, erhob MacLean sein Glas, in das er zuvor einen guten Schluck des 25 Jahre alten Highland Park gegossen hatte, und stieß mit Fauth an. „Danke, lieber Fauth, ohne Sie hätte ich keine Chance gehabt." Fauth lächelte und sagte: „Nennen Sie mich Friedhelm, lieber Ralf." Dann ließen sie den Whisky wirken. Seit diesem Tag dachte MacLean immer, wenn er Highland Park trank, an die müden, aber fröhlichen Gesichter der beiden Kinder auf dem bunten Wagen mitten in Fritzlar.

Aschermittwoch

Für MacLean und Fauth begann der Rummel erst so richtig, nachdem der Umzug vorbei war. Die HNA sprach mit ihnen, Fernsehen und andere Zeitungen meldeten sich. Am nächsten Abend, Faschingsdienstag, standen sie plötzlich im Mittelpunkt einer dreistündigen Karnevalssitzung, die Martens kurzfristig organisiert hatte. Die Narren hatten einiges nachzuholen. MacLean und Fauth mussten eine lange Lobrede über sich ergehen lassen und bekamen gleich kistenweise Orden umgehängt. „Ich und Karnevalsorden, wer hätte das gedacht?", murmelte MacLean immer wieder vor sich hin.

Am Mittwoch saß er alleine in der Dämmerung in seinem Büro. Er lehnte sich in seinem Stuhl zurück, im Radio lief Bruce Springsteens „I'm on fire". Nun hatte er schließlich doch seinen ersten Fall in diesem Fritzlar erfolgreich gelöst, leicht war es ja nicht gewesen. Er hatte Fehler gemacht, und das gestand MacLean sich äußerst ungern ein.

Nun saß er wieder hier, in seinem Laden am Marktplatz. Er war ein paar Euro, viele Karnevalsorden und viele Erfahrungen reicher. Und einen Freund hatte er wohl auch gefunden. Eigentlich war alles gut. Da klingelte das Telefon, es war Monika Lenzen: „Ich habe hier noch eine Flasche Whisky stehen, die Sie mir mal geschenkt haben. Glendoin, oder so ähnlich." „Glengoyne, aber egal." „Alleine will ich den jedenfalls nicht trinken. Warum kommen Sie nicht auf ein Gläschen vorbei?" In einem hatten die Karnevalisten unrecht. Vorbei war am Aschermittwoch gar nichts, jedenfalls nichts, was Ralf MacLean etwas anginge.

Autor: Olaf Dellit
Foto: Reinhard Berger

Kommentare

„Es gibt in Olaf Dellits Hessen-Krimi „MacLean und die Narren" einen Moment, in dem sich der deutsch-schottische Privatdetektiv und Whisky-Verkäufer eingestehen muss, dass er ein ziemlicher Versager ist...(...).

Olaf Dellit, 37 Jahre alter Redakteur unserer Zeitung in Fritzlar-Homberg, hat für sein Krimi-Debüt einen Ermittler erfunden, der kein strahlender Held ist. Die Mutter, eine Nordhessin aus Niedenstein-Metze, traf seinen Vater bei der britischen Armee in Osnabrück. Sohn Ralf, einst Polizist in Glasgow, ist zerissen, ihn umweht etwas Einsam-Melancholisches: Heimweh nach den Highlands.

Den Polizeidienst hat er quittiert und am Markt in Fritzlar ein Haus geerbt, in dem er einen Whisky-Laden aufmacht. Er hört schottische Bands, hasst Tee aus Beuteln und trinkt das eine oder andere Mal einen Whisky zu viel - aber immer wertvolle Ware...(...).

Dellit, der in Metze und Kassel aufwuchs, unter anderem im schottischen Stirling studierte, gelingt es gut, seiner Krimihandlung farbigen Lokalkolorit zu verleihen. Ob Heeresflieger, Garvensburg, Dom oder Ursulinenschule - MacLean sieht die Stadt mit dem Blick des Fremden, der Außenseiter ist, aber Heimat sucht und am Ende immerhin im Sadtarchivar einen Freund und in der Mutter eines Opfers eine, sagen wir, schon gute Bekannte gewonnen hat. Sein Erfol-

wird sich rumsprechen. Weiteren Aufträgen dürfte da nichts entgegenstehen."
(HNA - Kultur, Mark-Christian von Busse)

„Der Plot gefällt mir persönlich, liest sich gut, und das Buch ist spannend geschrieben"
(Buchhändler)

„Die Lektüre kann man gut lesen, die regionalen Bezüge sind dabei etwas Besonderes."
(H. H., Leser)

„Der regionale Krimi ist derzeit sehr gefragt. Er findet zunehmend Interesse, wenn unterhaltsam und spannend geschrieben. Die Leser warten geradezu auf Neuerscheinungen ihrer Lieblingsautoren."
(Buchhändler in Kassel)

„Die Handlung spielt in Fritzlar und Umgebung. Von zentraler Bedeutung erscheint dabei die Hauptfigur in der Person des Detektivs Ralf MacLean, der in der alten Domstadt versucht, beruflich auf etwas ungewöhnliche Weise Fuß zu fassen. Er kombiniert sein Detektivbüro mit einem Ladenvertrieb von schottischen Whisky-Spezialitäten. Die Person des deutsch-schottischen Hauptakteurs wird auf sympathische Weise und mit Liebe zum Detail herausgearbeitet.

Der Fall, um den es hier geht, dreht sich um Entführung und Erpressung. Der Autor webt in den Stoff regionale Besonderheiten ein, wie etwa den traditionellen Fasching. Auch die hiesige Hubschrauber-Staffel der Bundeswehr wird in die Suche mit einbezogen. Wie im richtigen Leben, spielen Verwechselungen, Allzumenschliches, Hass, verletzte Eitelkeit, Rache und Rücksichtslosigkeit eine wichtige Rolle. Dieses Szenario findet man überall und bezieht sich lediglich exemplarisch auf die nordhessische Kleinstadt. Die heile Welt gibt es nur scheinbar.
Die historischen Gebäude, Straßen, Plätze, der Archivar mit seiner Kenntnis der alten Stadtgeschichte, der Bausubstanz nebst Kellergewölbe, spielen in dieser Geschichte eine ebenfalls überaus wichtige Rolle."
(Region-Verlag)

„Olaf Dellit ist nicht der erste Journalist, der sich auch dem Schreiben von Krimis zuwendet. Und Dellit ist nicht der erste Krimi-Autor, der seinen Privatdetektiv als ‚einsamen Wolf' mit harter Schale und weichem Kern darstellt ...(...) aber Hand auf's Herz, man mag diese Typen dann doch immer ganz gern. Und so folgt man MacLean bei seinen Ermittlungen in Fritzlar, die an einem 11.11. beginnen, als die Kinderprinzessin entführt wird. Eine Lösegeldforderung trifft ein, doch etwas an dem ganzen Fall ist untypisch, fordern die Entführer zugleich die komplette Absage des Karnevals in der Stadt. Wer steckt dahinter? ...(...).

Dellit lässt das Lokalkolorit in seinem ersten Krimi natürlich nicht außen vor, verzichtet aber dankenswerterweise darauf, einen in jede Straße und Gasse der Stadt zu führen, und trotz Stadtarchivars muss man sich auch nicht mit Geschichte und den Histörchen plagen (lassen)."

((k) KulturMagain - Bertram Bock)